JN103449

煩悩（ぼんのう）

山下紘加
Hiroka Yamashita

河出書房新社

安奈（あんな）に触れるとき、私はいつも無意識のうちに利き手ではない方の手を伸ばしている。物心ついた時から使い慣れ、あらゆる刺激を覚えた利き手よりも、非力で運動能力に欠け、遅々として拙く、ときにもどかしくすら思う利き手ではない手の方が、私に新鮮な感度を与えてくれた。その行為は、安奈に対する私の感情の尺度でもあった。

「ねえ、何かあった？」

拒むわけでも受け入れるわけでもなく、ただそこにある安奈の手に触れながら私は尋ねる。優しく尋ねたつもりが、どこか詰問しているようにも聞こえた。安奈の表情が強張る。伏し目がちの瞼（まぶた）から弧を描くようにおりた長い睫毛（まつげ）が頰に影を落としている。私は異物に敏感だった。いつもふたりで集まると醸成される私たち特有の空気感に、私たち以外の何かが紛れ込んでいる。ほとんど本能的にそれを察知した途端、心穏やかでいられなくなった。

「何もないよ」

安奈は言葉を躊躇うように口にし、「ああ、でも」と言い淀んだ。

「何？」

「……脱毛をしたの。少し前に」

「だつもう？」

「そう、全身脱毛。医療クリニックで。正確に言えば申し込んだばかりで施術はまだ一度しか受けてないんだけど」

私は安奈の編目の大きなセーターの袖口をめくり、青い血管が幾筋もはしる華奢な手首を摑む。中指に嵌めた太い指輪が、その下に眠る硬い骨の感触を連れてくる。どうして、と言ってからその後に続く言葉を考えているうちに、私の腰は居酒屋の硬質なソファから浅く腰掛けようとしても深く沈みこんでしまう待合室のソファに落ち着いている。タバコの煙が目に染みる空間から、アロマの香りが充溢（じゅういつ）したヒーリングミュージックが流れる空間へと様変わりする。

——毛のことを考えると憂鬱になるのに、毛のない状態を想像すると不安になる——。

　学生時代、脱毛サロンの待合室のソファに尻をうずめ、問診表を書きながら安奈が吐露した曖昧な心境を私は述懐した。

「わたしそんなこと言ってたっけ？」

「言ってた」

　私は安奈の指の毛穴に毛根の名残を感じ、かつてその第二関節の下に臆面もなく生えていた薄く柔らかな毛を思い出して感傷に浸った。

「まあ、当時はたしかに抵抗あったかも」

「今は？」

「ないよ！　まったくない。毛なんかあってもいいことないじゃん」

　笑って一蹴され、私は口をつぐむ。中学生の頃、プールサイドで周囲を警戒しながら腕を持ち上げ、互いの脇を見せあったことを、安奈はもう覚えていないだろうか。炎天のもと、制汗剤が乾いて白っぽくなった脇の窪みを這うように、透明な汗が流れていた。私は安奈の少し青みがかった生白い皮膚の表面に、剃刀(かみそり)負けした痕を何度か認めた。

剃るときってさあ、何で剃ってる？　カミソリ？　シェーバー？　除毛クリーム？　え、カミソリ。薬局で売ってる、三本セットのやつ？　そうそれそれ。やっぱあれだよね安いもんね。どこでも手に入るし。でもあれってちゃんと剃れる？　剃れるよ、一応。え、わたしちゃんと剃れないときあるんだけど剛毛だからかな。

私たちはよく、体毛の話をした。体毛に限らず、些細な肉体の変化を共有せずにはいられなかった。

腕を持ち上げると、ときに災いにもなるほどの生真面目さで、安奈は私の脇を検分する。周期的に生えてくる、たとえ数ミリでもたった一本でも羞恥(しゅうち)に値する体毛を決して見落とさぬよう抜かりない視線を這わせた。私はいつも冗談を言って早々に腕を下ろした。脇に毛が残っている不安よりも、たとえ安奈が相手であっても自分の脇を晒し続けることの方に抵抗を感じたのだ。あの頃、もうこの先、安奈以外の人間に脇を晒すことなどないように思っていた。美容クリニックの脱毛も、安奈とふたり、問診表まで書いたのに途中で怖気づいて結局施術は受けなかった。それ以後も、私は背徳が甘美な官能を煽るような場面においてのみ恥部を見せ、しかしそういう場面の前には必ず一本でも取りこぼさないよう神経を尖らせて毛に刃を立てた。

「もう生えてこないの？」

「わたしまだ一回しか行ってないから全然生えてくるよ。だいたい五回くらいで効果がみえてくるみたい。ほんとは立て続けに行ってさっさとなくしたいんだけど、毛の生えてくる周期に合わせて間隔を空けなくちゃいけないんだって。脇で二、三か月だったかな。なんかね、ＶＩＯもやるんだけど、それがめっちゃ恥ずかしい。看護師さんは慣れた感じで何とも思ってないんだろうけど、それでもめっちゃ恥ずかしい」

恥ずかしいと言いつつ安奈の表情にも声にも気後れなど微塵も感じない。声には覇気があり、表情はどこか艶めいて見えた。いっそ軽やかだった。私はなぜか胸騒ぎのようなものを覚え、頼んだきり手をつけていなかった揚げパスタに手を伸ばす。久しぶりにふたりで会い、駅前の居酒屋に入店したが、安奈が金欠だというのでお通しをカットし、ビールとコーンポタージュ味のパウダーがかかった揚げパスタのみでかれこれ二時間は滞在している。大学卒業後、就職活動はせずに地元のチェーン展開されているうどん屋で働き始めた安奈は、二十四歳になった今も実家で両親と弟とともに暮らしている。うどん屋は私の高校時代のバイト先で、やめてからも店長と交流が続いていたため、ファミレスのバイトをやめて職にあぶれていた安奈を見かね、私が紹介した。以来愚痴も弱音も吐かずにずっとそこで働いている。時給は私が高校生の時より上がったが、決して高いわけではない。他にいいところが見つかったら気兼ねなくやめていいからね、と言い続けて二年が経った。安奈はその間も就職活動をしていない。ある時深夜に地元のラーメン屋でふたりで向かい合って麵を啜(すす)っている最中、「わたしには無理みたい」と不意に箸を置いて思いつめたように泣き出し、私には何が無理なのかわかった、長い付き合いだからわかる、安奈のことはなんだってわかる、だから、無理なことはしなくていいよ、となだめてティッシュを渡し、麺が伸びるので啜った。スープは塩辛いのにコクがない。化学調味料の味がする、と不満を垂れると、それってどんな味？　と質問がきて、私たちが昔好んでよく食べてた味だよ、と返す。店に入るまでずっと味噌ラーメンが食べたいと主張していたのに券売機のボタンを押し間違えて醬油ラーメンを食べるはめになった安奈の右手は停滞している。時間とともに分離した油の膜に箸の先端が浸る。私は麺を啜る。

「安奈はどうですか？」

店長と飲みに行った際、酒を飲ませ本音を聞き出す。安奈はどうですか、うまくやっていますか、みんなとちゃんとやれていますか。

たまに遅刻ぎりぎりでお店に到着するけど基本的には真面目で素直、ただ些細なミスが多いね仕方ないのかもしれないけど、と酔っているわりに流暢(りゅうちょう)な口調で彼は続ける。

「涼子ちゃんはやってたからわかると思うけど、うどんのトッピングあるじゃない？　一年以上働いてるのにいまだに間違えるんだよね、彼女。それも頻繁に。とろろ昆布のせなくていいうどんにのせて、のせなくちゃいけないうどんにのせるの忘れる。揚げ玉とおろしもよく間違えるし、生卵別添え希望してるお客さんなのに、うどんの上にじかにのせちゃうし。お客さんからメニュー写真と違うってよく呼び出されるたびに、次回は気をつけてねって言うんだけど、繰り返すよね。そんなに難しいことではないと思うんだけど」

いい子なんだけどね、と何度もフォローを入れながら、いざ話し始めると堰を切ったようにあふれ出てくる。以前安奈の様子を見に客として入店した際、うどん屋に来ているのに「蕎麦がないなんておかしい」と理不尽な怒りを客からぶつけられる安奈に遭遇した。怒られた直後でも、私のもとに「ちくわ天おろしぶっかけ」を運んできた彼女はいつもと変わらぬ笑顔を浮かべていて、それは無理して笑っている風ではなかった、そんなに器用な子ではなかった、決してうまくはやれていないのかもしれないが、彼女自身はそのことに気づいていない。気づかないというのは幸せなことかもしれないと妙な感慨に浸っていると、横から店長が思い出したように言い添える。

「言わないでよ」

「何をですか？」

「今話した一連のことだよ。本人傷つくかもしれないから」

「もちろん。言うわけないじゃないですか」

「そうそう。友達だからって何でも話せばいいってわけじゃないからね」

「友達？」

「友達でしょ？　ふたりは」

「友達……」

「え……違うの？」

店長は女の子ってよくわからないなあと小首を傾げ、残っていたハイボールを飲み干した。

安奈の両親は共働きで家にお金を入れる必要はなかったが、奨学金の返済に加え、無計画に食事や娯楽に散財するため、給料日前はいつも金欠状態で、しかしそういう時に限って安奈の方から誘ってくる。会いたい。会おうよ。お茶しようよでも飲みに行こうよでもなく、その言葉の強さが、欲望が実直に放たれる感じが、私は好きだった。安奈は計算ができなかった。何かを想定することも企(たくら)むこともできず、だから疑うことも欺くことも知らなかった。

　私は安奈の誘いを断らなかった。あらかじめ最優先に考えていたというわけではない。私たちの家は近く、会おうと思えばいつでも会うことが可能で、だがいつでも会えるもんねと卒業式で言い合って別れた会おうと思えば会える距離にいる友人とはもう何年も会っていない、誘われれば会う、会いたいとも思う、でも自分から誘う理由がない、誘う理由を探しているうちは実はそこまで会いたいわけではないのかもしれない、と自分の感情を推し量る。誕生日におめでとうとラインのスタンプが届く。それが届いたことを心に留めておいて相手の誕生日にもスタンプを送ろうとし、忘れる。まめでない。高校時代、校舎の昇降口に親しい背中を認め、脱いだ外履きを中履きに替える短い動作の合間に、ねえ今日マック行こうよと屈託なく誘う、私はあの頃スチールロッカーの狭く暗い小さな一室を覗きながら話しかけていた。ロッカーには名前ではなく番号が振られている。番号は覚えていない。身体が位置を覚えているので、場所を間違えるということがない。中は上下二段に区切られ、外履きを置く下段は砂利がまばらにあった。ローファーの踵は擦り減った分だけロッカーの底面から浮く、自分の甲高幅広の形状がなじんだ革の表面には摩擦によって拵えたいくつもの傷がある。湿気のこもったその空間は、開閉の際に足の蒸れた臭いが広がった。私はいつも下駄箱から取り出した中履きを、腰を屈めず、高い位置からすのこの上に落とした。落下の弾みで中履きがあらぬ方向に飛ぶ。片足で跳ねながら追いかける、足を滑り込ませようとして転びそうになる、反射的に友人の肩を支えにする、彼女は笑っている。二階まで届く、よく響く高い声で笑っている。職員室から出て廊下を通って降りてきた教師がうるさいよもう授業始まるよと窘める、その手に抱えられた教材を見て教科書を忘れたことに気づく、ねえ教科書見せて、と支えにした肩に肩を擦り寄せる。やはり笑っていた彼女の名前を、私は卒業してしばらくしてからときどきフルネームで思い出そうとしては断念する。会社の午前中の会議でパワーポイントで作られた仰々しい資料に視線を落としながら、しかつめらしい顔で彼女の名前を思い出そうとする。昨夜の飲み会で「女っていつまで女子って言葉が通用するの？」とまくし立てながら若い女性社員の膝に手をのせていた営業の男性が資料に書いてあることを自分の言葉に置き換えることなく、一本調子にそのまま読み上げている、彼のネクタイは曲がっている。空疎な時間。その高校の友人の、下の名前は思い出せる。あだ名も思い出せる。それなのに、名字だけがどうしても思い出せない。難しい名字ではなかったはずだが、思い出せない。私はそれを思い出すことに躍起になる。彼女とはもう会わないかもしれない、会えないかもしれない、名字はすでに変わっているかもしれない、だが私は記憶をたどる。そんな、仮に思い出せたとしてもどうしようもない、どうすることもできないことを思い出そうとしながら、私は現在の地盤を踏みしめる。会議室の、直立と着席を何度繰り返しても跡のつかない、組み替えた脚もヒールの踵の音も吸収する平坦なタイルカーペットの上で、ときおり足元がぐらつく。ここは心許ない。しかし地面が揺れているわけではないから、おそらく私の挙動がおかしいのだろう。安奈もよく何もないところでつまずいてこけた。前にもこけた場所と同じところで何度もこけた。よろめいては前方に倒れるより早く私が支える。安奈は私を見て笑っている。まるで最初から私が支えてくれることをわかっていたみたいに笑う。でも安奈は計算ができないから、こけることもそれを私が支えることも想定できたはずがない。一度、階段で安奈がこけて、巻き込まれそうになったことがある。数段先を降りる安奈の身体を支えようとして足がもつれ、このまま雪崩（なだれ）のように落ちるかもしれないと思いながら手すりを掴み、ぎりぎり持ちこたえた。安奈はその時も笑っていた。私ははじめて恐怖を覚え、恐怖は怒りを呼んだが、同時に、安奈とふたりなら階段を転げ落ちてもいいと思うに至った。足をすりむくかもしれない痣（あざ）になるかもしれない骨折するかもしれない、けれどその瞬間の、その瞬間にしかない同じ恐怖を分かつことができるのなら、犠牲をはらっても構わない、怪我をするのならひとりではなくふたりがよかった。

会議の最中、パイプ椅子の背の硬い感触の、無機質な相槌で揺れる首の、噛み殺した欠伸（あくび）の、机に押し付けた肘の、漏らした息の、拭った汗の、蓄積した時間の、その質量の中で、ときおり息苦しさに発狂しそうになる。壁に掛けられたデジタル時計の液晶が、もうずいぶん前から薄い。

安奈はたびたび「じっとしていられない」という理由で教室を離れ保健室に駆け込んだ。保健室の先生と、授業終わりに保健室に寄った私に挟まれて、安奈は口を開く。みんなの声がわあわあして聞こえる、ノートにシャーペンが擦れる音が、プリントを捌（さば）く音が、気になる。気になって仕方なくなる――それに対して先生は「感性が鋭いのね」と優しい声音で頷（うなず）く。具体的で確実で抜かりなく揺るぎない、雄弁で明晰（めいせき）で冒しがたい、そういう人や状態が好まれる社会にあって、安奈の発言はいつも信用性を欠いた。抽象的な発言はとりとめがなく要領を得ない、だからその問題を概念を性質を包括した、たった一言で集約された、あるいは簡略化された言葉の前で安奈はやはりぼんやりしている。ときに笑う。言葉を紡がないのは、笑うことは、肯定と同義だと、彼女に誰も教えようとはしなかった。

　自分は人より遅れているかもしれない、と安奈がこぼしたのは中学生の時だった。告白というような大それたものではなかった。放課後、帰路につきながら、ただ遅れているかもしれないことを自覚したと、何かの会話の折に彼女は私に告げた。私はその言葉の意味を測りかね、しばらくのあいだ黙っていた。安奈が、急に背後を気にする。彼女は鈍感だったが、他人の目には誰よりも敏感だった。

「あれ、誰の声？」

「宮地じゃない？」

「なんで。だいぶ距離できたはずなのに」

　怯える安奈を私はなだめる。

「ちがうよ。遠いよ。離れてるよ。笑い声がめちゃくちゃ響いてるってだけで」

　すぐそばの連なる家々の合間から、細く長い煙のような笑い声が揺曳（ようえい）している。安奈があまりに強く彼らを忌避するがゆえに、かえって彼らを引き寄せている気もした。

私たちはその日、途中で脇道に逸れ、いつもの通学路とは別のコースをたどっていた。安奈が苦手な同級生のグループが私たちの少し後ろを歩いていることに気づいたからだ。それまで穏やかな表情で歩みを進めていた安奈は、彼らの存在に気づいた途端、顔を合わせたくないと言い、突然早足になり出した。私も慌てて安奈に歩調を合わせ、やがて分かれ道に差し掛かると、安奈の腕を摑んで道を逸れた。それから走った。息を切らして。ふたりで手を繫いで。

安奈はその同級生からいじめられているわけでもからかわれているわけでもなかった。人の視線ばかり気にする彼女は、ほとんど話したことのない同級生に対しても、日頃からあの子は私をこう見ている、こんな噂話をされている、と悲観的な妄想ばかり広げては勝手に卑屈になる。私はその妄想を打ち消そうとはしなかった。ただ安奈に寄り添った。安奈には「苦手な人」が多く、その大半は男性だった。そして衝動的で一貫性のない安奈の「苦手な人」はころころと変わった。だから私たちは、たびたび対象者を決めては逃げたり隠れたりを繰り返し、そういう時の私は、まるで仮想空間にいるような、リアルと妄想が混在するような浮遊感を得た。

安奈は私の言葉に安心したのか歩みを再開する。ブラウスの上から羽織った長袖のジャージを体育の授業で安奈に貸したためだろう、私の身体からは安奈の匂いがつよく香った。ジャージの繊維の奥深くまで浸透したシャンプーや柔軟剤、汗や空気中の微粒子、リップクリームの香料、頭皮や地肌の匂いまでも攪拌され、湿り気を帯びた匂いに包まれながら、私はそこから安奈の生まれ持った匂いだけを抽出することが不可能だと知っていた。当時、私は人の纏う匂いに過敏に反応した。そして自分の纏う匂いにも敏感だった。外国人の少女がパッケージに描かれたダウニーという柔軟剤やメンソレータムが出していた「もぎたて果実」シリーズのリップクリーム。シャンプーのパンテーン、制汗剤のエイト・フォー。クラスの女子の大半が使っていたそれらを、私も同様に使い、同じ匂いを纏った。匂いだけではない。昆虫が自衛のために植物に擬態するように、集団の中に紛れ、スカートの丈も口調も振舞いも、彼女たちに寄せ、同化し、自ら個性を殺す時、私はかえって揺るぎない「個性」を手に入れたように思えたのだ。

「誰に言われたの？」

私は考えた末にそう尋ねた。「遅れている」という言葉の意味について、自分がどれくらい真摯に向き合えばいいか測りかねながら。深刻になる話題は避けたかった。

「お母さん、が。病院で検査受けてみようって言われて。この前、学校でもらった親のサインが必要な書類出し忘れて怒られたときに。まだ行ってないけど」

「行かなくていいよ、そんなの」

「そうなの？」

「そうだよ。お母さんも、気が立ってそんな風に言っただけでしょ」

なぜか怒りを覚え、思わず語気が荒くなった。安奈はそれから、自分の足りない部分、劣っている部分、人とは違う部分を列挙した。忘れ物が多い、落ち着きがない、人の話を聞かない、物覚えが悪い、みんなとなじめない――。

それらの症状を併せ持つ特定の呼称が示唆された瞬間、私は即座に言葉で遮った。

「でも優しいよ」

「優しい……」

安奈は私の言葉を汗ばんだ手のひらで摑み、決して逃すまいとするようにつよく嚙みしめた。

「まじめで優しい。安奈はそのままでいいんだよ」

気休めのつもりで、軽く慰めるつもりで言っただけだった。私の言葉は自分でも驚くほどふわふわと頼りなく、まろやかで優しく棘がなかった。その性質は真に必要なものでありながら、同時に社会から淘汰されやすいものであるかもしれなかった。安奈を傷つけたくないという思いが、他の何よりも先行していた。だが彼女が何に傷つき、何に傷つかないのか、同時にまったく摑めなくもあった。

次の瞬間、安奈はハッとしたように瞳を輝かせ「ほんとう?」と私の顔を覗き込んだ。安奈と私の身長差は八センチほどあり、私は安奈といる時に彼女の声が聞き取りやすいように耳を傾けたし、安奈は安奈でいつも少しだけ上目遣いに私の顔を覗き込んだ。その時も彼女は私の顔を覗き込み、私には安奈の目が少し潤んでいるように見えた。私は反射的に首を縦に振った。

「そうだよね、そうだよね。涼子が言うんなら、そうなんだと思う」

また前を向いて声を震わせる安奈の肩を、私は抱き寄せた。猫背のなで肩で、そのなだらかな傾斜を丸い稜線に沿って優しく擦る。安奈が私にもたれるようにして歩き、私たちの間には溝や隙間がなくなった。私はなぜか、この時、というより、後から振り返ってみておそらくこの瞬間に、安奈を完全に掌握できたような感覚を得た。なぜだかはわからない。ただ彼女の奥に、無機質な空洞を見た。そしてその空洞は、誰かが満たすことが可能だと思えた。

私は無意識のうちに自身の思想や信条を彼女に摺りこませるようになった。もっとも、私は安奈にとってもひとりの人間としても、とても「模範的」な人間とは言い難かったし、安奈と出会った時の、ごく限られた狭い世界で息をする十代の未熟な人間が模範とするのは他ならぬ親や教師なのだろうが、果たして彼らは「模範」にはなっても「信用」に値するのか私には疑問だった。学生時代は今よりずっと混沌としていて、その分、明確な感情は鮮明に記憶に残っている。安奈に近づく対象を認知した時、私は相手が誰であっても例外なく明確な嫌悪を抱いた。この頃私は授業の延長線上で半ば衝動的に心に浮かんだ取り留めもない事柄を詩や散文など文字にして書き起こしたが、それは「書く」行為が漠然とした自分の感情を釈然とさせる行為に違いないという臆測から始まったためで、結果的に感情は明瞭になるどころか以前にも増して混沌とし、筆を置いた。世間一般で高尚とされる、あるいは趣のある文学に触れても、そこには確信にたどりつくかもしれない過程が綴られているばかりで、実際にそれに至ることはない。安奈に対して確信めいた感情を持ちたかった。好き嫌いではなく、愛憎でもなく、庇護欲でも独占欲でも執着心でもない、依存とも支配ともつかない、そもそものような言葉で感情を固定化されること自体本意ではないのに、同時に言葉を持たない感情は弱い気がして、ふたりの関係性を強固なものだと信じながら、外からつつかれればあっけなく壊れてしまう脆弱(ぜいじゃく)さをも感じていた。安奈のこととなると、私はひどく極端な人間になった。

中学生の頃、安奈が慕う英語教師とふたりで始めた交換ノートに交ぜてもらったことがある。英語のテストの成績が悪かったために補習を受けたのがきっかけで親密になったらしい。この頃にはまだ安奈は私の目の届かないところで他者と関係性を作っていて、私もまたそんな安奈を傍観しているに過ぎず、しかし嫌悪感は明確だった。私は交換ノートで自分の番がまわってきた時、わざとスペルを間違えた英単語を忍ばせて指摘されるか待ち、されなければこれほど簡単なミスも見逃す程度の教師なのだと安奈に向けて幼稚な非難をした。名前を、西谷先生といった。男子から「にしやん」と呼ばれていて、彼女はその呼び名を嫌っていたのだろう、呼ばれるたび左の眉尻が持ち上がり、そこだけ神経が通ってるみたいに過敏に反応した。西谷先生は華奢な体軀でいつも白い無地のブラウスに黒かベージュのカーディガンを羽織り、チノパンを穿き、肩より少し長い、それより短い時も長い時もないと感じられる、完璧なまでにぴたりと切り揃えられたストレートヘアに、つけてもつけなくても同じようなくすんだ肌に近い色味の薄いベージュの口紅をさしていた。乱れない女というのが私の彼女に対する印象で、乱れないということは変化に乏しいということで、髪形にしろ服装にしろ表情や態度にしろ、常に一貫している。笑う時、まるではかったみたいに毎度同じ位置で口角がとまると、私は安心よりも不穏な気持ちに駆られた。

ねえ安奈、交換ノートなんてやめちゃいなよ。私は安奈に言い聞かせる。安奈が勉強だと思ってやってることは毒にも薬にもならない、事実安奈の成績は交換ノートを始めてから伸びるどころか下がる一方。こうも話した。教師と生徒が個人的に深い関係だなんて誰かにバレたらよくは思われない、特別扱いはいじめの標的になるかもしれない。ねえ安奈、私は前から思っていたけど、そもそもにしやんの「リッスン」という発音は下手くそすぎる、ネイティブな発音を求めているわけじゃないけど、それにしても下手すぎる、鼻につくんだよね。あの人が「プリーズリピートアフタミー」っていうたびに、何で続いて繰り返さなくちゃいけないのって思うんだけど。安奈だってそう思うでしょ？　英語の発音に限らず、日本語の滑舌だって悪いんだからもう致命的。

ねえ知ってる？　あいつが「にしやん」って呼ばれるの嫌ってること。安奈知ってる？　男子にね、そう呼ばれると眉毛がぴくぴく反応するの。わかりやすいよね。からかいと親しみは表裏だってことくらいわかるはずなのに、プライドばっか高くて、そうね、ああいう人のことを「自尊心の塊」って言うんだろうね。かわいそうなひと。

私はその頃生徒の間で流行ったフレーズにならって西谷先生を揶揄した。フレーズというのは「臆病な自尊心と、尊大な羞恥心」という当時国語の教科書に載っていた中島敦の「山月記」の一節で、この一節が生徒の間でなぜか流行り、それらしい場面に遭遇すると皆無暗に自尊心と羞恥心を乱用する。何が感受性に刺さるかわからなかった。あるいはまた、言葉の持つ意味よりも字面の強さや語調を楽しむことばかりがひとり歩きしている印象があった。

交換ノートをやめたのは西谷先生だった。安奈は私がどれほど西谷先生を嘲弄しようと交換ノートをやめず、私は苛立ちを覚えながらも安奈が続けるので自分もやめなかった。

「ねえ、いま誰で止まってる？」

「私じゃないよ」

「にしやんか」

「いそがしいのかな」

「どうだろうね」

　そんな会話が何か月か、思い出したように繰り返され、やがて話題にも上らなくなった頃、西谷先生は学校からいなくなった。交換ノートが止まったあたりから、西谷先生は学校内の注目の的となっていて、というのも、彼女がある日急に髪の毛先を巻いてきたからで、たかがそれだけのことといえばそうなのだが、常日頃話題に飢えていた生徒たちにとってそれは騒ぐのに十分な事態だった。

「にしやん今日スカート穿いてたよ。裾がひらひらのやつ」

「ピンクのグロスで唇てかてかやった」

「トイレの芳香剤チックな匂いしたから何の香水つけてるか聞いたけど誤魔化された」

　ちょっとずつ小出しにするみたいに西谷先生の些細な、だが着実な変貌ぶりで生徒たちは話題に事欠かなかった。それとほぼ同時期に彼女が社会科の教師と不倫関係にあるという噂がまことしやかにささやかれはじめ、しかし若者の熱が冷めるのは早い。ネタは生もので、西谷先生が学校を去りしばらくすれば、もういない者の痴情話より、昨日のドラマの感想で沸く。

安奈は西谷先生について言葉少なだったが、ある時自ら話題にあげ「女って馬鹿だよね」と、冷徹な口調で言い捨てた。

「私、馬鹿な女にだけはなりたくない」

私は返事に窮し、黙り込んだ。愛玩していた人形が急に意思を持ったように、彼女の発した言葉だけが浮いていた。安奈はこの頃から以前にも増して異性を遠ざけるようになり、徹底的な排斥ののちに孤独を深め、慰めを求めていっそう私にもたれた。安奈が中学卒業後、学力や将来的な方向性を考慮した結果ではあれ私立の女子校に進んだのは、何か男性に対する潔癖なまでの忌避があったからではないかと考え、男性を遠ざけるほど安奈の身体は重たくなり、私はそれを疎ましいとは思わなかった、かえってその重さが心地よいほどだった。

ねえ安奈、私と一緒の塾に通おうよ——。安奈にそんな提案を持ち掛けたのは二〇〇七年くらいのことで、時の流れに疎い私がなぜそれほど時期を覚えているのかと言われれば、私はその時図書室の書棚の前で青山七恵の『ひとり日和（びより）』に触れていて、『ひとり日和』が刊行されたのは二〇〇七年だった、だから私は覚えている。この提案を、その時期を、当時触れた本とともに記憶している。装丁が満開の桜の木の写真で「のどか」とか「うららか」という単語が浮かんだ。私が『ひとり日和』を借りる横で安奈は伊藤たかみの『ミカ！』を返却し、続編の『ミカ×ミカ！』を手に取っていた。

「涼子が言うんなら、行ってみようかな」

「ほんと？」

「うん！」

首を揺らした分だけ跳ねるポニーテールの毛先が、嬉しい時に反応する犬の尻尾のようでいとおしい。安奈に何かを尋ねた時や提案した時、彼女は考える間もなくほとんど反射的に首肯する。それを見た時のゆったりとした波状の感情は人肌を想起させる。やがて訪れる凪。微睡。シリーズで持ち合わせていた、先端がいつも滲む、パステルカラーのペンのクリームイエローが浮かぶ。筆箱が閉まりにくいので中身を厳選しても滅多に使うことのないこの色はいつも残った。背中で受け止める外から降り注ぐ光。暑すぎず、眩しすぎない永遠のようなぬくもりが身体の内部で膜を張る。

塾に誘ったのは、表向きはテストの悪結果に悩む安奈の成績向上のためという名目だったが、私が小学生以来通っていた学習塾をやめるにやめられず、少しでも安奈と一緒の時間を過ごしたいがための勧誘に過ぎなかった。今にして思えば子供らしい短絡的な発想だったが、放課後を誰とどう過ごすのかは当時の私にとって切実な問題だった。

「ああ、でも」

次の瞬間、色素の薄い瞳が私をとらえ、図書室に暗影を落とす。安奈は本の背表紙を指先でなぞりながら「お母さんに聞いてみないと」と思い出したように付け足す。

「うん」

聞いてみて、と微笑む。誰かが書棚に戻し忘れた本が、窓から吹き込んでくる風に煽られページがめくれる。私は席を立ち、手垢のついたその本をもとの場所に戻してやる。図書室の貸出ランキングで常に上位にあった梨木香歩の『西の魔女が死んだ』。

安奈の母は、私にとって脅威だった。腹を痛めて安奈を産んだ、娘に関するあらゆる物事の主張と享受を許された存在。当たり前だがこの頃の私たちは親の保護下にあり、親の言うことは絶対だった。何をするにもどこに行くにも親の許可が必要で、安奈の自尊心を高めるのも削るのも親であり、漫然と首肯する安奈の首が左右に揺れるのは親が関与する時に限った。できない。無理だよ。だめって言われた。私たちが望んだ、しかし実現しなかった、小さな「かなわない」ことが累積してゆく。暗い顔で安奈が告げる時、私は安奈の肩を抱き、大丈夫、別の方法を一緒に考えようと寄り添った。決して怒らなかった。彼女の親は彼女を怒ったが私は怒らなかった。

「お母さんはこう言ってるけど涼子はどう思う？」

感情的な親の前で蟠りを抱え、密かに反発心を募らせていた安奈は、しだいに私の意見を求めるようになり、それは私をひどくいい気にさせた。親の言うことなんて、聞き流しておけばいいの。なだめる。そして導く。彼女が望む方向に。あるいはそれは私が望む方向だった。責任をとらなくていい私はその分自由で無暗で向こう見ずな発言を繰り返した。

チャイムが鳴るぎりぎりまで図書室で過ごした。私は新刊コーナーを安奈とともに巡り、諏訪哲史の『アサッテの人』に心を惹かれ、追加で借りた。鮮やかな緑の装丁の小説には「ポンパ！」などの奇妙な言葉を発する吃音を持つ叔父が登場する。これが刊行されたのも二〇〇七年だった。私が返却するタイミングで安奈もそれを借り、私たちはしばらくの間「ポンパ」や「チリパッハ」や「タポンテュー」のみで会話をしていた。暗語のみでどれだけ会話が続くか試しているような、もどかしさに身を委ねているようなところがあり、それは何も読書に限ったことではない。常に飢えていた。常に欲していた。偶発的な出会いによって生まれる産物を出がらしまで味わい尽くしてもなお、まだ足りない、私たちを楽しませるにはまだ足りない、貪欲に希求した。

ほどなくして安奈は私と同じ塾に通い始め、小学生の時からの幼馴染に誘われて入部した吹奏楽部を退部した。もともと部員とうまくいっていなかったのだろう、小柄な身体がいっそう小さく見える、重たいチューバを背中に背負い、泣きそうな顔で河原を歩く安奈の横顔を今でも思い出す。家で吹くと近所迷惑になるからといって河原でするしかない練習に、私はたびたび付き合った。河原に座り込み、集団の中で堪(こら)える癖がついている安奈に遠慮と我慢は違うと諭している時、目の前を野良猫が横切ると安奈の視線はその猫を追いかけ思考まで引きずられていく。夢中になる。

「聞いてるの？　そんなんだから――」

私は言葉を躊躇う。しかし躊躇う合間にも安奈は既にその場から立ち上がり、猫を追いかけて茂みに足を沈めている。

「安奈！」

大声で呼び止める。安奈の耳には届かない。私は猫を追う彼女を追って雑草を踏みつける。草いきれ。夏の熱気が息苦しかった。手を伸ばして安奈の細い二の腕を摑み、戻ろう、と手を引く。

「見失っちゃったよ、猫――」

「猫はいい。猫じゃない。私が話してる。いま私が話してる。安奈は、」

ごめんね。ごめんなさい。安奈が謝る。サンダルの爪先を少し浮かせながら、指先を広げながら、謝る。私は知っている。安奈は自分が何について謝っているか、何が悪いのかわかっていない。何もわかっていない。

「怒ってないよ」

腕から手を離し、私の指の跡が残った肌を見つめる。強かったね。痛かった？

「少し……痛かった」

安奈は正直に告げる。私の前では遠慮も我慢もしないでと言ったから、素直に感情を表に出す。何もかもひとりで判断しないでと言ったから、私への相談なしには動かない。私のことだけ信じていればいいと言ったから、私を信じている。でも確信が持てない。本当に信用されているのか、今になって、確信が持てない。

安奈の記憶は忘却が早く、学生時代から今も変わらず私が植え付けた思想が空疎な彼女の内側で絶えず循環し続けている。時としてそこに別の思考が混ざっていることに気づくと私はひどく動揺した。そして一刻も早くその不純物を取り除かなければと躍起になる。今がまさにそうだった。

「誰に言われたの？」

私は平静を装いながら、昔、安奈が「遅れている」ことを私に打ち明けた時と同様に尋ねた。

「何が？」

「毛のこと。急に脱毛だなんて。私に一言も言ってこなかったから。お金だって、すごいかかったんじゃない？」

「バイトの貯金、残ってたから大丈夫。まあそれでも足りなくて親には借金したんだけど。でも後悔はしてない。やってよかった、と思う。昔からずっと気になってたし。遅いくらい」

自分の放つ言葉の強度を推し量るように安奈はぐっと眉間に皺(しわ)を集め、油で光る指先を手拭きで拭いながら答えた。

「いくらしたの?」

「四十万くらい」

目を見開く。金額に驚いたのではない。では何に驚いたのか、自分でもよくわからなかった。

「でも四十万なんて普通だよ。調べたら、どこもそれくらいしたよ」

「一言、相談してほしかった」

「涼子、いそがしそうだったから」

私は手元のグラスを口の前で傾け、胸の内に溜まった違和感ごと残っていたビールで飲み下した。鼻と舌に滞留したぬるくほのかな麦芽の甘みが懐かしい記憶を誘発する。中学生の頃、安奈の家でふたりでクリスマスパーティーをした時のこと。気分を盛り上げるために近くのスーパーでノンアルコールの子供用ビールとシャンパンを購入し、グラスに注いで乾杯をした。乾杯の後、私が家にあったクラッカーを持ってきていたのを思い出し、慌てて紐を引いた。一度引っ張っただけでは思うように中身が飛び出さず、安奈と交互に二、三回引っ張ったらようやくしけたような音が耳元で弾けるとともに、メタルテープが空を舞う。私たちはムードを楽しむということに誰よりも長けていた。それは今でも変わらない。雰囲気を作り、自分たちの作った雰囲気で誰よりも酔える。どんな嗜好品も華やかな空間も必要なかった。あるものだけで、用意できる範囲で、存分に楽しむことが可能だった。

　座敷にいた団体客と隣のテーブル席にいた女性ふたり組が退店したタイミングで店員が替えのお絞りを持ってきたので、私たちは一時会話を中断し黙って手を拭いた。去り際にその店員が、よろしければ追加のご注文承りますが、と手元の端末を開く。私は安奈と目を合わせ、一呼吸置いてから、ちょっと考えまぁすと答える。

「なんか気まずいね」

「気まずい。急き立てられてる感ある」

「わかる。お客さん減ったから暇なんじゃない？」

「さっきからめっちゃ隣のテーブル拭いてるしね。つまようじ何回補充した？」

「やばいよ。私なんかこっから目ぇ合うもん。追加注文しろっていう圧を感じる」

声を潜めながら苦笑すると、安奈が振り返って後方を確認するので、「ねえやばい、見ないで。ばか」と笑って突っ込み、また彼女の細い腕に触れる。私たちは学生時代から、そうすることが当然であるようにスキンシップをよくとった。恋人同士のように親密に指を絡めることもあったし、抱きついたり頬を寄せたりふざけてじゃれあうこともあった。今でも待ち合わせの時、遠くから私の姿を認めた安奈が走ってきて、それを私が抱きとめる瞬間がある。学生時代のノリがいまだに健在していることに、疎ましさと同時に甘い感傷を抱きながら、慌てて足を踏ん張り、ふたりの間で膨らんだ空気ごと受け止める。中学時代、廊下を歩いていて互いを見かけると、気づいた方から先に駆け出して、相手に向かって猛進していくのが常だった。ほんの一分前に対面していたとしても、私たちは互いを見つけると再会の喜びを確認し合うために、無我夢中で互いの身体に正面からぶつかっていった。距離があればあるほど、その分ぶつかった時の衝撃が強くて、走っている間に気持ちが膨らむのに興奮して燃えた。そういうポーズではなかった。本当に嬉しくて、そうせずにはいられなくて、だから突進するのだ。少なくとも私はそうだった。今思えば、非常に危なっかしいコミュニケーションを取っていたと思う。実際、私たちは互いの身体を受け止めきれずに一緒になって廊下に倒れこんだり、相手のスピードに構えるのが遅れて頭や膝を打ち付け、しばらくの間、痛みと衝撃でその場から身動きできなくなったりした。いつからか私たちは全力でぶつからなくなった。だんだんと丸みを帯び、弾力を持ち始め、それがやわらかく、衝撃を与えれば痛みを伴うデリケートなものだと本能的に察知するようになった頃、私たちの肉体はよそよそしくなり、そのよそよそしさを埋めるように会話はいっそう増えた。

「とりあえずなんか頼もっか」

テーブルに放置されたメニューを開き、前の方の比較的価格の安いページに目を通しながら、冷奴にするか枝豆にするかたこわさにするか、はたまた前から気になっていたけれど頼んだことのなかったクリームチーズチャンジャにするかでしばらく悩み、結局たこわさとビールのおかわりをふたつ頼んだ。

店員が下がると、メニューをテーブルの隅に立てかけながら話の続きを促す。

「……ねえ、何があったの？」

安奈は酔いなどとっくに冷めているはずなのに、赤らんだ顔をしている。潤んだ瞳が赤い。頬杖をつく腕の側面が赤い。耳や、首から鎖骨にかけても赤みを帯びている。

「話してよ。隠すことないじゃない」

熱っぽい息を吐くばかりで言葉を紡がない安奈に私は俄(にわ)かに苛立った。

「話して？　ね？」

求められ、安奈はようやく小さな口から躊躇いがちに言葉を吐いた。

「ねえ涼子ちゃん、セックスってどうやってするの？」

＊

はじめてセックスした日、私は相手の男のことではなく、安奈のことを考えていた。彼女の白い脚や、短い指、額の産毛について。目尻のほくろが、笑った時に下瞼に入った線が濃くなるのが好きだった。大笑いするとうまく息が吸えなくなってむせるところが、おならをした時自ら報告してくるところが、理由もなく謝るところが、人の話を聞いているようにみえて聞いていないところが、不用意に人を信用するところが、唇の縦皺、曖昧な輪郭、形体と陰影、筋肉、あるいは脂肪――。気がつけばいつも頭の中でデッサンしていた。線を撫で、ぼかし、また描く、そしてぼかす。それを繰り返した。描くたび、遠ざかった。記憶の中の安奈を浮かび上がらせようとするたび、彼女は私の内側に潜り、手の届かないところまで深く沈んでいった。

男の手が私の脚を開く。今と違って余分な脂肪のない引き締まった腿やふくらはぎが、好奇心に微かな抵抗を携えてふるえる。股の間から男が顔をのぞかせる。私は身じろぎもせずに彼と視線のみ交わす。しかしそれもわずかな間だけだった。萎縮していた身体はしだいに弛緩し、異物を受け入れる。痛みを感じなかった。同様に、快楽も感じなかった。ああこういうものか、と腑に落ちるような、自分の身体で起きていることについて、ひどく俯瞰的だった。

やがて自由に空中を泳いでいた肢体はまとめて固定され、私は自分の意志のもと自由に動かす器官を失う。不自由になった肉体を漫然と揺らしながら、架空のスケッチブックに安奈をデッサンする。私は息をしている。それは加速度的にあがっていく。漏れ出る息の蒸気で紙質がやわらかく変異し、擦ると細くたおやかな曲線が膨張する。戻そうとすると一層広範に伸び、白い無地の面積は減少する。

目を凝らして見る、もう誰かも何かもわからないただそこに佇む黒い塊はそれでもたしかに女の体を成している。

いま私は男の股の間から彼の顔を覗き込み、これまでセックスのたびに生まれた黒い塊が、重たい鉛のように自身の内側にしずむ感覚に陥る。

「どうかした?」

頭上から降ってきた声を受け止め、首を微かに横に振った。私はつい数時間前に触れたばかりの安奈の華奢な腕を思い出しながら、広矢の隆起した二の腕から胸筋にかけて手を這わせる。日頃の不摂生により持て余した贅肉を学生時代に形成された筋力の名残が支えているような外形に触れても、私には脂肪と筋肉の判別がつかない。私を支えている安奈との過去の記憶も、時として現在と重なり、溶け合い、過去と現在とが混濁し、いっそ追懐した出来事の方が現在よりも鮮明で、克明で、私はその鮮やかさにときおり目がくらんだ。

生理が終わったばかりだからシーツを汚してしまうかもしれないと言うと敷かれた長方形のタオルケットは、摩擦ですっかりよれて、ベッドの端で丸まっている。実際には生理は終わったわけではなく、経血が出てから今日でちょうど四日目だった。始まりは明確なのに終わりはいつも曖昧で、人生二十四年目、小学五、六年で初潮がきたはずだから、十三年間周期的に私は生理を経験しているはずで、それでも毎月鮮血を目にするたび、その赤さに、強さに、重さに慄く。生理がくるよりもっとずっと幼い頃、自分の身体から出る血液を目にする瞬間は、怪我をした時に限った。走って転んで膝小僧を擦りむいたら、自転車から落ちて額を切ったら、台所のピーラーを悪戯していたら。クラスメイトの男子が鼻血を出せば、それが強い痛みを伴っていると勘違いし、「のぼせちゃったのね」と笑う周囲の大人たちをよそに、過度に心配した。また、逆に自分が手指を切れば、「ぱっくりいっちゃったね」と眉を八の字にしながらそのくせ口元には笑みを湛え、傷ついた箇所を止血し絆創膏で手当をしてくれる大人の顔を覗き込み、歯がゆさに気をもんだ。なぜ血を見て怖れを抱かないのか、なぜもっと慰めようとしないのか。私は怪我をしている。痛みを負っている。傷ついている。痛い。痛くてたまらない。泣きたいほど痛くてみじめで不安。そして怖い。——泣かない。泣かないよお。これくらいへっちゃらだよね。大人が私をなだめる。大人の顔をして、子供の私をなだめる。私の痛みは私にしかわからないのに、その痛みの程度を推し量る。

私は傷を負った我が子に、困ったように笑いかけながら平然と絆創膏を貼ってやる自分の姿が想像できない。

幼い私は純粋で、純粋というのは無知であることで、無知であろうとすることで、疑うという概念がなく、確たるものがなくともはずみで言葉にした。たとえば安奈のように。ビニールサンダルで石畳を歩いている時に、足を引っかけて削(そ)がれた爪と皮膚の境界に血が滲んだ、同時期に私は母と湯船に浸かり、ペディキュアで赤く染まった母の足の爪を見て「血が泳いでいる」と悲鳴をあげたそうだが、しかしこれは覚えていない。傷口の深さに比例して流れる血液の量も多くなり、傷ついた時血は流れ、血が流れるということは常に痛みを伴うと私の幼い頭は記憶し、身体に刷り込まれた。だから私は今でも毎月生理がきて、自分の体内から流れ出た血液を見るたびに、自分は傷ついている、と思う。そこに痛みがなくても、その傷の深さは、血液量が物語っている。傷を癒すのは自分しかいなかった。万が一血液が付着してもいいように穿いた黒いパンツの内側で、笑いながら腰を屈めながら食事をしながら頭を下げながら誰にも悟られないように表情も態度も変えずに送る日常の中で漏れ出る血液がナプキンに染みこんでいく瞬間。経血を限界まで吸収したナプキンは重たく収縮し、生臭い魚のにおいがする。膣内からグロテスクなレバー状の凝血塊が糸を引く、血が乾いてばりばりに乾燥した縮れ毛が憎い、化学繊維をつけたり剝がしたりした陰部のかゆみかぶれが憎い、拭いても拭いても後から後から排出される粘度の高い血液が憎い、乳首が張り肌が荒れるのが憎い。だが憎しみの根源を突き止めようとすればそれは生を受けたことそのもので、生まれた時私は血まみれだった、過失でもなく事故でもない、ただそれは生命で、不変で、その理不尽に、産声をあげるように声を嗄らして主張する。私はやはり毎月傷ついている。

今日、私は広矢の家に来る前に「多い日の昼用」のナプキンをつけていて、それを駅の公衆トイレでショーツからはぎ取った。吸収シート面には、明度の高い鮮血が染みていた一日目や二日目と違い、乾いた、やや茶色みを帯びた血液が固着している。大した量ではない。大した量ではないが、摩擦による刺激でどれくらい膨張するかわからない。あるいは低減する可能性もある。排尿の後でトイレットペーパーを何重にも分厚くして陰部に当てた。ペーパーでは拭いきれなかった粉末状の血液のカスが便器に舞う。その残滓を見下ろしながら、既に答えが出ているはずの問題を天秤にかけてみる。行くか行かないか。するかしないか。二者の間隙を縫うように別の思考が降りてくる。誰でもいいからしたいという夜がある。だがそれはひどく動物的で野蛮で愚かに思えるので、私は同時に、この人だからしたい、という決定的なものを、いつも現在の恋人に見出そうとする。それは付き合っているからだとか形式的なものではなくて、自分の望む矢印がいくつあって、どこを向いているか確かめる、そして確かめることによって自分が世間でいうところの「まっとう」な人間だと判断し、ひとり静かに安住するのだ。同時に私は喪失を怖れている。たとえば、この世に存在するあらゆるものは大概において代替可能だと思うこと、線の細い頃しか知らない幼馴染に、昔のバイト先の先輩、親友になった元彼、酔った勢いで口説いてくる職場の同僚、かつて繋がっていた、あるいは今繋がりのある、あの時拒んだ、いま優柔している異性を選別し身勝手な受容と除外を繰り返す最中、私は安奈の顔を思い出す。傲慢にも異性をふるいにかける私の手を握り、涼子がいてくれてよかったと無邪気に笑う安奈の華奢な身体を抱きしめる。涼子がいないとだめみたいと項垂れる安奈の片手に収まる小さな頭を撫でつける。耳元で安堵の息が漏れる。これが欲しいあれはいらないあってもいいなくてもいい、利己的な選別を繰り返す煩悩の塊のような私を安奈が抱き返す。安奈の短い腕は、私の背中にまわりきらない。安奈は計算ができなかった。考える。予測する。勘定する。損失を考える。空白を満たす。何かと何かを足して別の何かが生まれる。何かから何かを引くことで、バランスがとれる。招く。拒む。思惑。利害。計算できない人間を前に、私は緩んだ。安奈の前で思考や選択を放棄する。何か悟りでも開いたように、私は本当は何もいらない、という境地にいたり、次の日になれば夢から醒めたみたいに廉直な心はあとかたもなく雲散している。私はたしかに同じ言葉を、涼子がいてくれてよかったと安奈に言われたはずで、それは夢でも妄想でもない、現実にかけられた言葉で、その声の張りを滾(たぎ)りを強弱を覚えているはずなのに時期がいつだったかはわからない。数年前か、はたまた学生の時か。安奈はその時弱っていただろうか。

しばらくして、もう一度股にトイレットペーパーを通す。透明な粘液が糸を引く。そこにはわずかな血液も混ざっていない。


下着を身に着けながらシーツに汚れがついていないか暗闇の中で目を凝らす私の背後で広矢は脱いだ服を探していた。広矢の家に着くとやはり不安でトイレを借りて持っていたおりものシートを装着した、そのショーツを外側から二本の指で刺激しながら、彼は妙に冷静な声音で股面だけ他の質感と違う、異素材なのではないかと私に尋ねた。私は答えなかった。

「友達と飲んでたんでしょ？　遅いから今日はもう来ないのかと思った」

話しながら見つけたTシャツを頭から豪快に被り、デスクの脇にあるスタンドライトをつける。私は明るさに背を向ける。ベッド脇の壁に黒い影が漂う。タオルケットをよけ、もう一度目を凝らす。

「そう、中学の時の」

「ああ、えっと……安奈ちゃん？」

「うん。よくわかったね」

「わかるよ。涼子の大親友。だろ？」

広矢は私の友人を無条件に「ちゃん」付けで呼ぶ。社会人になってから定期的に会う友達など片手でおさまる程度だけれど、私は安奈を名指しで呼ばれた時だけ鼓動が速くなる。安奈を、知らない男に蹂躙（じゅうりん）された気持ち。

「別に大親友ってわけじゃないけど」

「でもいちばん会話によく出てくる」

拾い上げた靴下が自分のものではないとわかってこちらに投げられたものを両手でキャッチし、裏返しになった状態から戻す。足もとに点在していた下着やニットなどもかき集め、脱いだ順とは逆に身に着けていく。安奈と別れた後、電車で広矢の自宅まで足を向けた。今から行く、とラインで一言だけ連絡を入れて。

すぐにでも肌を合わせる必要があった。誰でもいいからしなければいけないという夜がある。誰でもいいからというと語弊があるのかもしれないが、それは別に好きで付き合っている彼氏ではなくても、それこそ職場の部署の違う顔見知り程度の人であるとか、毎朝同じ車両で一緒になる勤め先がどこかもわからないサラリーマン、同窓会で再会した同級生、はたまた元彼でも構わない、そうすることは偶然あるいは必然で、衝動および理性、好奇心あるいは性欲、充足しかし不足、そしてやがて終わる夜のことだ。そういう夜の思考を試行しようとしては踏みとどまり、その連続によって「今」がある。

少しの間の後で「長いから」と私は返し、付き合いが、と言葉を足した。

「わかるよ」

「思い出が多いから。中学時代は、三年間ほぼ毎日一緒にいたし」

「その三年は濃いね」

「そう、濃いの。信じられないくらい」

深く、ため息を漏らすように私はこぼす。キッチンに向かう広矢の声が遠くなる。

「でも、俺たちもそれくらいいるじゃん」

「そうだね」

「軽いなあ。質が違うって？」

キッチンとリビングを仕切るドアの側面に手をつき、冷蔵庫から取り出したミネラルウォーターを口に含んだまま、広矢が笑う。

「そういうわけじゃないけど」

「でも大切にした方がいいよ」

「何が？」

「そういう友達は。なかなか作れないじゃん。大人になってからだと」

「そう思う？」

「そう思うよ？　思わない？」

「思う」

着替えを終え、トイレに向かおうとする私に、飲む？　と広矢がジェスチャーを示す。

「大丈夫」

喉の渇きを覚えていたが、断って、トイレで用を足し、洗面所で手と口を丹念に洗う。吸収よりも先に排出が必要だった。髪が乱れていたので、クシで梳かす。するすると抜け落ちた髪が数本鎖骨で止まり、それを指でつまむ。取り落とした髪の毛が洗面台に落ち、それをまた拾う。コンタクトがずれた感覚があり、乾いた目を瞬かせる。唇の皮が剝けている。皮脂と摩擦で化粧が崩れている。ブラジャーの紐がねじれていた。数十分前に服を脱いで裸になったのに、もう服を着ている。脱いだり着たりせわしない。昔読んだ何かの本の中で人間のセックスは形式化された儀式のようだとたとえている場面があった。そこに至るまでにデートや食事や会話をし、わざわざ着飾ってきた服を脱ぐ、と。居酒屋で安奈の放った言葉を反芻する。安奈は追加で注文したメニューがテーブルに運ばれる頃には、好きな男ができたのだと白状した。その男が安奈の背中の毛を見て『意外と濃いんだな』と言った、だから脱毛をしたの、と私が聞いてもそれには曖昧な返事をするばかりで、何かもったいぶるように言葉を渋るのでこちらも黙ると、今度はセックス未満のこともしたと言い、どこまでしたのかと尋ねれば、舌を絡めたキスをし、胸を揉まれ、服を脱がされ、気がついたら仰向けの体勢で穴に指を入れられていた、と、それまでとは打って変わって早口でまくし立てた。

「気持ちいいとか痛いとか、何か感じる余裕が全然なくて。どうしたらいいかわからなくて、ただ意識が朦朧（もうろう）として、されるがままになっちゃったんだけど、後から、もっと動いた方が良かったのかな、どうすれば正解なんだろうって思って、それで」

いったん言葉を切り、何を言おうとしてたんだっけと首を傾げる。私は水滴で濡れたグラスを持ち上げて、底に引っ付いたコースターを剝がし、テーブルに戻した。コースターについた丸い痕を眺めながら、グラスの底面を手拭きに擦りつける。

「その人とどこで出会ったの？　付き合ってるの？」

私には安奈が男の前で股を開く姿が容易に想像できた。そのため、彼女からの補足も敷衍も不要だった。想像の中の安奈のか細い手脚に力みはなく、それはまるで幼児がトイレのオムツ交換台に寝かされて、母親に尿や便のついたオムツを取り換えられるような、子宮がん検診で機械によって広げられた肢体の中心に、隔てられたカーテンの奥から検査器具が挿入されるような色気も情緒もない光景なのだ。カーテンという遮蔽の向こうに控える男の顔を、安奈は知らないだろう。その男がどんな表情でどんな手つきで彼女に触れているか、想像すらしないに違いない。

安奈は私の質問には答えず、しかし話すことをやめなかった。少し冗長ではないかというほど、当時の状況を仔細に伝えようとする様からは、ある種の必死さが感じられ、私は辟易した。

「先に私の質問に答えてよ」

あまりにはぐらかされることに苛立ちを覚え、彼女から話を引き出そうと強い口調で促したが、関係性に突っ込んだ質問をすると、安奈は急に言葉少なになり、目を伏せる。照れているという風ではなかった。むしろ、もったいつけている風であり、秘匿することである種の優越感に浸っているような彼女の態度は急激に私の興を削いだ。

これまではすべてが明け透けだった。見栄も体裁も含蓄もない、魚を捌くように安奈の腹にメスを入れ内側を開き、赤く染まった生臭い内臓をかき分けてももう既に知っている事実だけがそこにあった。

「言いたくないならいいよ。その代わり、もう私に何も話してこないで。聞きたくないから」

一度突き放したら収拾がつかなくなり、私は逃げるように店を後にした。

これまで安奈に男の影がないわけではなかった。しかし誰かに誘われればすぐに報告を受けていたので、彼女の異性交遊に関しては把握しているつもりだった。高校時代、一度だけ、安奈のことを好きだという男と私の彼氏を含めた四人でデートをしたこともある。安奈は告白の返事もデートの際の一挙手一投足もすべて私に確認をとらなければ行動できなかった。彼女自身、その貞操の固さから、どんな口説き文句を並べられようと、デートの回数を踏もうと、心を許した相手でも身体は許さず、結局その時の相手ともセックスはおろか手を繋ぐことすらないまま、男性側からフェードアウトしていった。男からすると、安奈は重たい女のようだった。一見すると、愛くるしく稚気に富み、何を言っても無邪気に笑い、弱く脆(もろ)く優しく、気を張っていてもその顔を見ると脱力を覚えるような印象で、しかしいざ近づくと頑(かたく)なであり、その頑なさも最初のうちこそ清純だの奥ゆかしいだのという体のいい言葉に収斂(しゅうれん)されていくわけだが、堅牢な石が、あらゆる力を与えても動かないことに気づくと、男は一気に引いた。その時点で相手はすでに恋も愛も遠く、煮詰まった青臭い肉体を抱えながら安奈に背を向ける。

「だって怖いんだもん、涼子ちゃん」

安奈が私を「ちゃん」付けで呼ぶ時は、特別甘える時に限る。男が去ったあと、安奈は私に身体を預け、慰めを得ようとした。自分の行いすべてに首肯する私に身も心も任せた。

「怖いならしなくていいよ」

私は安奈の肩を抱いていない方の手を彼女の瞼の上にかざす。

「ほんとう？　でもみんなするでしょ？　付き合ったら」

「安奈はしなくていいよ」

「どうして？」

「かわいいから」

　安奈を慰める時は、浅く無毒な言葉ばかり並べた。実際安奈はかわいかった。単調で一面的で、私を決して脅かしてこないところが、かわいい。彼女とは戦わなくてよかった。

　安奈が瞬きをするたびに、彼女の密度の濃い睫毛がその上にかざされた私の指に触れる。私はよくそんな風に安奈の目元を自分の手で覆った。まだ化粧の許されなかった学生の頃、安奈の直線的な睫毛は瞬きのたびに私の指に到達することはなかった。安奈が化粧を覚え、ビューラーで睫毛に角度をつけ、そこにマスカラを施してから、末広がりに世界を拡張していくような漆黒の糊料を纏った強い毛束が、私の指の肉をしなやかな先端でつついた。一番最初に彼女の睫毛にマスカラを塗ったのは私で、ファンデーションで毛穴を埋めたのもチークで血色を与えたのも眉毛の隙間に地毛よりもワントーン明るい線を描き足したのも白くくすんだ唇に色をつけたのも私だった。

安奈のバイト終わり、あるいは夜に安奈と街で落ち合う時、彼女はくたびれた顔をしている。汗の浮いた小鼻の周り、湿った頰の質感、もみあげのうねり、つけていることを忘れて擦ったアイラインのよれた形跡が、顔中に点在したラメが、ピンクに色づく摩擦で剝けた唇の皮が唇から切り離されずにぶらさがっている。そのびろびろした皮が安奈が口を開く際に吐息とともに巻き込まれる。抹茶の菓子でも食べたのか、緑色の粉末のようなものが唇に付着している。湿った舌で皮を撫でつけて安奈は微笑む。

「涼子ちゃんおつかれさまぁ」

ひどく甘い声だ。大学を卒業して就職してから、私の肩には何かのっている。最初は右肩だけだったのが、左肩にも重さを感じる。へばりつくような重さ。この重さの正体を追及することを、私はある時からやめた。

肩が重いの。なんかいるみたい。私がそう言おうものなら、安奈は目を見開いて心配する。大丈夫？　涼子ちゃん、それはやばいよ。一緒にお祓（はら）い行こう？　それともマッサージしようか。肩を揉みしだきながら私は苦笑する。ちがう。どれもちがう。安奈にはわからない。わかるはずもない。

深夜に大掃除を始めるみたいに、私はときどき思いついたように身辺整理をする。荷物は少ない方が身軽だ、多いほど煩雑になる。いつの日か、使うかどうかもわからないまま無暗に抱えた荷物の有用性に気づく時が来るのかもしれないが、人間は物ではない、物でないから割り切れない、しかし同時に物のように割り切ると楽になる、自分が楽になる、関わるほど摩擦が生まれる、相手に譲歩する寛容さはない、大切であれば忍耐は必要だが、それには情熱が足りない。心が倦（う）む。肩に重さを感じ始め、荷を下ろすように人間関係を清算してから、私は安奈をいっそう想った。

私は安奈に不安を覚えている。たとえば安奈がセックスを知ったら、誰かが作った、そこを通って然るべき道を通らずに、誰かが定めた暗黙のプロセスを踏み倒して、マナーも作法も行儀もすべてをないがしろにして最短距離で行動するのではないか。人間の細胞レベルで組み込まれているはずの良識や秩序が、抜け落ちているのではないか。あの子は男性とのデートで一日が一時間に短縮されたとして、そのことに違和感を抱かないだろう。短縮を圧縮された濃密な時間だと錯覚し、関係性に安住するに違いない。

安奈は堪えることができなかった。だから私は不安だった。お腹が空くと無口になり、満たされると活発に喋り、金がなくても欲しいものを買い、眠くなるとどこでもどのような状況でも眠った。泣きたい時に泣き、笑いたい時に笑った。近くに泣いている人がいても、構わず笑った。無神経とも鈍感ともいえた。自由とも不自由ともいえた。ときどき安奈は笑いながら私の方を見た。眉尻を下げ、目を細め、白い歯を剝き、私の顔を覗き込んだ。私は笑わなければならなかった。周囲に人の目を感じながら、そのままでいいという証拠に、私は笑わなければならなかった。

「なんかもらうね」

冷えたフローリングに膝をつき、発光する四角い箱の中に収められた食材を漫然と眺める。

「この時間から食うの？」

広矢の声を背中に受けながら、視線だけは食品に向ける。身体が塩分を欲していた。キャンディチーズがある。鮭とばがある。キムチがある。納豆がある。カット野菜がある。パンケーキミックスがある。卵がある。もやしがある。チーズがある。ハムがある。鰹節がある。私はある物の中から自分の食べたいものだけ見繕って外に出した。食品を抱えてリビングに戻る。

「食ってきたんじゃないの？」

「それがあんまり食べてないんだよね」

言いながら、先ほど冷蔵庫から出した食品を見下ろす。取り分けるために必要な小皿と箸を出すのが億劫で、さらには汚れた皿を片すのも億劫だった。空腹だったが、食べたい欲よりも、それにかかる手間の方がずっと煩わしく、出したばかりの食品を再び冷蔵庫にしまい込む。

「何、やっぱ食べないの」

「面倒で。なんかお菓子とかない？」

「あるよ」

広矢が立ち上がり、玄関に置きっ放しにされていた段ボール箱の中から、チョコやスナック菓子を取り出して戻ってきた。

「こんなんで良ければ」

「ありがと。実家から？」

「そう。仕事で家空けてるとなかなか食べないんだよね」

ローテーブルの前のクッションに腰を下ろし、菓子の包装を破る。安奈は包装を破るのが下手なのに、中学の時のクラス会で自分から積極的に包装を破り、中に入ったスナック菓子をまき散らして周囲を白けさせた。私は安奈が失敗することを知っていた。その不器用な手つきは、数秒後に訪れる失敗を常に予見させたからだ。失敗して困り果てた安奈が私の顔を見る。私は手を差し伸べてやる。

ソファでスマホをいじっていた広矢が私の肩越しに首を伸ばし「それちょっと

気になってた。何のお菓子？」とテーブルに広げた菓子の箱を指差す。パッケージに細かい英字で商品名が書かれているが、疲れているのでそのスペルを追う気にならない。なんだろね、開けてみようかと言いながら包みを開く、匂いからしてキャラメル風味ではないかと見当がつく、分厚いクッキーでサンドされた茶色いクリーム、バターの香りが強い。食ってみて、と言われて一口齧る、粘度が高い、齧ったものを肩越しにまわす。広矢が顎を私の肩にもたせながら顔を寄せて齧り、顔を寄せたついでに唇も重ねる。鼻先が当たる。鼻からバターの香りが抜ける。甘い、と広矢が言い、口の中の水分奪われるやつだと続けながら慌ただしくキッチンに飲み物を取りに行く。私は甘ったるい味を唾液で喉の奥に押し流しながら、口直しにサワークリーム味のポテチを口に運ぶ。小気味いい音を立てて咀嚼しながら、朝食に食べたプリン、昼に食べたマヨネーズでぎとついたサラダラップ、居酒屋で食べた揚げパスタがよみがえる。今日はろくなものを食べていない。このラインナップをスレンダーな体形維持のために健康志向の少食を貫いている美沙希に話したら嘆くかあきれるかのどちらかだろう。

美沙希とはどれくらい会っていないだろう。最後に会った時、代官山の小洒落たメキシカン料理屋で夕食をとったのを覚えている。あの時私たちは薄着で、美沙希は脇の大きく開いたノースリーブを着ていたから、夏だったのだろう。美沙希はその厨房で働いていた私たちより二つか三つ年下の若い男と面識があり、何で知り合ったのか聞いたかもしれないが覚えていない、とにかく、美沙希は彼をひどく気に入って好意を抱いていた。彼が私たちのテーブルの近くを通るたびに私の膝を無邪気に叩き、熱い眼差しを彼に向ける。そのはしゃぎ方は子供というよりも年増の女性のようで、貪婪な粘っこい目つきは過剰で露骨だった。美沙希は何度か彼を私たちのテーブルまで呼ぼうとし、私はそのたびにやめときなよ、と時に笑いながら、だんだんと速度をあげていく自分の脈拍を意識しながら窘めた。笑いというのは私にとって重要だった。顔の筋肉の体操みたいな表面的な即席の笑いではなく、膝から先に崩れ落ちるみたいな身体ごと弛緩する笑い。カタルシス、あるいはエクスタシー。独特の虚脱感、そして浮遊感。これには麻薬的な作用があって、私は笑ってる間は何でもできると思ってしまう。有言不実行な家出の計画を立てた時も、早々にあきらめた夢を語り合った時も、自分の首に両手をまわし喉を圧迫する、明確な理由なく生を厭う瞬間、私はいつも笑みを湛えていた。身体全体で笑っていた。

笑っている時の私を、私は信用していない。だって酔っているから。笑っている自分自身に、あるいはその雰囲気に。のまれているから。語られることは臆病ではなく大胆、軽薄で誠実でない、不謹慎で深刻さを欠いている。笑いながらのけぞったり、笑いながら前のめりになるたび、瞼の縁が涙で湿る。視界が曇る。勢いで膣がゆるむ。尿が漏れそうで、漏れなそうで、やはり漏れそうで、堪える。感情をむき出しにしながら、腹の下だけ堪える。五十半ばの母親が買いだした尿漏れパッドを、私もいつかつけることになるだろうか。

「ねえ、おしっこ、ちびることってある?」

前に真剣な眼差しで聞かれた時、そんなんあるわけないじゃん、この年で漏れてたらやばいでしょと一蹴した、母親は沈黙し、その時のことが妙に頭にひっかかって、数日後、また話を蒸し返した。私もね、笑ってる時に膀胱が収縮して失禁することはあるよ。母親は驚いた様子で「え、漏れるの？　ほんとに？」と前のめりに質問を重ねた。私は笑って頷く。あるよ。ほんとにあるの。あんたでもあるのね、そういうこと。若いのに。母親は急に饒舌になる。そう若くてもあるの。年とか関係なく。実際は漏れそうで漏れなくて漏らしたことはないのだけれど、でもそんな風に彼女の心配の種を包む。しまっておこうね、と言わんばかりに、やわらかい包みで覆う。それは大したことではないから、怖れることではないから、怯えることではないから、だからもう気に留めずにしまっておこうと母親を誘導する。毒は見えなければ毒ではない、時間とともに毒は抜けていく、母親は従順に歪な塊を差し出す。ほらここに入れてね、しまっておけばいいんだからと彼女に促されしまった、血のついた親知らずを収めた小さな箱を私は思い出す。あの箱の在処を、私は思い出すことができない。出臍の理由を尋ねるたびに行きつく臍の緒の話、あんたのために大切にとっておいたのよ、と母親が声高に主張する臍の緒が私の目に触れたことは一度もない、ものがないから彼女の主張が事実がどうかわからない、確かめる方法がない、巻貝のような渦を巻く下腹部の小さな窪みを指で撫でる。

　息をするたびそこに近づいてゆく、いらぬ不安は処理するのではなく預けておいて、預けた場所すらどこかわからない、思い出せない、私は永遠にその箱を開けないだろう。一人暮らしで外出のままならない祖母が早く死にたいと口にする、精神疾患で施設にいる姉が面会の際、今がいちばん生きてて楽しいと喜色満面でおやつを貪る、ふとした瞬間漠然とした恐怖に苛まれ死ぬのが怖いと私の身体を抱き寄せる母親の、おそらくはまだ遠い、あるいは明日かもしれない、混沌としている私の、結末は同じだ。どうたどっても、どうあがいても、笑っても悲しんでも怯えてもそうでなくても長い短い差はあれど、行きつく先は。

　生まれてきた結晶も、痛みの勲章も、今はもう私の手元にない。私の肉体はこの世界に慣れすぎて、誕生の軌跡を確かめたいと思うほどときめきも神秘も感じない。術後しばらくの間あった、糸で繕われた歯茎の縫い目を探しても見つからない。昔もらった姉からの手紙は保管している。ときどき読み返すから、臍の緒や親知らずみたいにどこにしまったか忘れるというようなことはない。学生時代から使っている勉強机の鍵のかかる引き出しの一段目に、それは束になって収まっている。引き出しの表面には小学生の時に姉からもらったシールが、キャラクターの耳が半分ちぎれた状態で貼り付いている。りょうこちゃん、次の面かいはいつですか？　まえに持ってきてくれたゴーフレットがまた食べたいです。いちご味がいい。りょうこちゃん、いつきますか？　たのしみです。チョコれいとあまいじゅーす、それからケーキがたべたいです。いちごののってるショートケーキもいいな。りょうこちゃん、あつくなってきましたね、アイスがたべたいです。とけちゃうかな。でもとけてもおいしいよね。あまくてつめたくておいしいの、私たべたいです。りょうこちゃん、待ちきれないです。いつあまいものを持ってきてくれますか。あまいものならなんでもすきです。すこしじゃなくていっぱい、持てるだけ持ってきてください――。

　私は姉が苺を好きだということを、彼女が入所するまで知らなかった。姉の口からもっと食べたいと聞いたことがなかった、これが欲しい、あれはいらないと聞いたことがなかった。幼い頃姉のシールを欲しがるといつも何の迷いもなく差し出した、我慢とは違った、最初から無欲に見えた、理性ではなく、抑制ではなく、欲望が他の人より薄いのだろうと思った。だから甘えていいと思った。奪うのではなく、与えられているのだから、受け取っていいと思った。

次のおやつのリクエストが書いてある、欲望の連なりだけがうごめいている、煩悩の塊のような手紙を鼻に近づける。姉の匂いがした。姉は昔から手紙を書くのが好きだった、小学校の先生をしていて、知的で文才もあった。離れて暮らしていた頃よくとどいた、四季や風情が織り込まれきわめて情緒的で温情に満ちたつまらない手紙はもう捨ててしまったずいぶん昔に。あの手紙と引き出しの中に入っている手紙を比べても同じ人間が書いたものとは思えない、姉はあの頃失恋をして、明確なことは何もわからない、けれど色々なことが重なって、姉は姉でなくなった。私は身内に無関心であり過ぎたのかもしれない。

姉からの手紙は少し前に途絶えた。母が姉の持ち物をすべて取り上げたらしい。姉が持っていたハガキもレターセットも住所録も、何もかも。姉は私だけに甘えていたわけではなかった。自分にあまいおやつをくれる可能性がある人なら誰彼構わず一方的に手紙を送っていた。騙された気がした。なぜか騙された気がした。あまいおやつの入った大きな紙袋を二つ抱えて姉に会いに行った日、姉は施設の入り口で到着を知らせた私をフロアの境界に設置されたフェンスを今にも越えそうな勢いで待ち構えていた。浮足立ち、目をぎらつかせ前のめりな姿勢は高揚感が気味悪いほどダイレクトに伝わってきて、躁状態のようだった。私が近づくなり口を開け、「持ってきてくれた？」とせっつく。私はフェンスの前で逃げ出したくなった。私の顔ではなく、両手に握りしめた紙袋に執拗に注がれる姉の視線に、逃げ出したくなった。

姉は私の差し出したおやつの量に満足しなかった。もうないの？　もっとたべたいと懇願する姉の欲求を鎮めるため、私は会話を試みる。食べることよりも、会話。久しぶりに会ったんだから話そうよ。姉は「すきなひといる？」と私に聞く。男のひとだよ。そういうすき。すきなひといる？　私が答えに窮すると、姉は続けざまに質問を重ねる。すきなひととはキスした？　キス。するでしょう？お付き合いしてたら、キスするでしょう。どう？　それはどんな気分ですか？

私はしたことがないからわかりません。だから教えて。

　姉の唇に付着したたくさんの菓子のカスを折りたたんだティッシュで拭おうと腰を浮かせる。姉は身を引き、舌先で唇の周りを舐めとる。質問を続ける。キスは気持ちいい？　どんな味がする？　こうやって口と口をさあ、合わせるんだよね？　両手の指先をくっつけながらチョコレートの包装を破った、その破る行為すらもどかしくて、あかないあけてと指の熱と摩擦でしわくちゃになった包装を押し付けてくる、開けている側から中身にがっつく、いざ食べ始めると美味しいとは言わない、聞くと首を縦に振る、食べるのに夢中で美味しさを噛みしめる余裕などなくて美味しいと言葉にするのも億劫そうで、恍惚とただひたすら食べ進める、その時の呆けた表情で姉は私に無遠慮な好奇心をぶつける。キスは気持ちいい？

　私は姉のくっついた指同士を離してその手を自分の掌中に収める。ねえ、昔こうしてよく手を繋いでたね。私の手の中で姉の手が暴れる。私はそれをなだめる。ほらここ見て、小さい時やけどした痕、あとこれはさ、シャーペンの芯がささったのが抜けなくてほくろみたいになってる。私は姉の身体を指先から二の腕へとたどっていく。骨を感じる。ほくろがある、毛が生えている、そこだけ色素が薄い、傷跡が残っている、皮膚ではなく、むき出しの骨を感じる。纏っていた皮膚が砂のように流れていった後の骨。人骨。安奈の華奢な腕を摑んだ時、指に嵌めた金属が連れてくるあの、硬い、無機質な感触。

　姉が私の指先を自分の口元へと持っていく。溝に嚙み砕いた菓子の挟まった姉の歯。歯茎が下がり、歯そのものが長くなったように見える。姉は自分の内に入るものに用心深かった。血肉になるものを疑った。栄養士の資格を持っていて、いつも食品の原材料表示を見てから食べ物を口に運んだ。むき出しの状態で食べ物を差し出しても不用意に口に運ばない。姉はいま私の指を咥（くわ）えていた。硬い歯の感触。痛い。痛いよ嚙んだら。チョコレート色をした唾液が絡む。姉が笑う。笑っている。私の手は美味しくないでしょ。姉が私の指から唇を離す。彼女の歯型が私の指に残る。おいしいよ。とってもあまくておいしいよ。ざらついた舌の、やわらかい粘膜の、筋肉でできた突起が、指先を撫でる。

私は鼻に近づけた封筒から姉の匂いを吸い込んだ。匂いが鼻から抜けていく。同じ家族なのに同じ匂いではない、それは姉特有の、姉だけが持つ唯一無二の匂いだった。

美沙希と笑いながら、私は姉の舌の感触を思い出し、その記憶は私の笑いに拍車をかけた。

「ねえあんた笑いすぎ。ほんと変わんないよね、高校の頃から」

なぜ笑っていたのか数秒前のことが思い出せない。数秒前の笑いが数年前の出来事を連れてきて、私はそれで笑っている。あれは笑える出来事だったと思う。笑わなければいけない出来事だったと思う。笑っている間は大丈夫で、だから私は笑う。手紙を書くことができなくなった姉は、あの外界から遮断された世界の中でひとり泣いているかもしれない。

変わらないのはお互い様じゃん、と返しながら、皿を下げてくれた店員に向かって小さく会釈する。そばでグラスの縁が当たる音が響き、再び数年前の記憶を呼ぶ。私が大学生の時、美沙希とふたりで大衆居酒屋で飲んだ。私は就活帰りでリクルートスーツに身を包み、二の腕にいつの間にか貼り付いていた付箋を美沙希に指摘されて笑っていた。美沙希はその頃、高校を卒業後に何をするのかと尋ねた時の返答である「ゲイノウカツドウ」を継続していて、私にはその「ゲイノウカツドウ」というのがどういった活動かいまひとつわからず、漢字に変換されないままカタカナの字面が頭の中を泳いでしまう。その時も話題は「ゲイノウカツドウ」になり、美沙希からは最近CMに出演したのだと報告を受けた。

「すごいじゃん！　良かったね」

私は心からそう思ったので口にし、美沙希が見せてくれた動画を覗き込んだ。スポーツ飲料のCMで、街中でドリンクを飲む俳優の横を人々が慌ただしく通り過ぎていく雑踏の中に美沙希はいた。一度見ただけではわからなかった。ピントは合っていなくてぼやけていた。そのわずか一瞬、一秒に満たないかもしれない間、美沙希は驚いたような表情をしていて、それが演出上の表情なのか、それともたまたまそういう表情になったのか、どちらなのかというような質問をした気がするが、何という答えが返ってきたのか覚えていない。腰の高さまである、手入れに余念がない、艶と光沢のある、いつかシャンプーのＣＭに出るために伸ばしているのだというしなやかな黒髪は画面から見切れていた。ＣＭに出てマフラーのように片側の肩にまわす練習を学生時代の美沙希はよくしていて、汗をかくとシャンプーよりも頭皮の匂いが濃く香った。彼女の髪はあまりにさらさらとしすぎて引っかかりがない、長い毛束は舞い上がった砂塵のように視界を濁し、まとまった髪の内側から指先を滑らせても弾力や質量を感じさせない、指先についた微かな余香に鼻を近づける。

美沙希は一度も髪を染めたことがない。理由は黒髪の方が清純ぽく見えるからだそうで、私は染めたいけど染めない方が好まれるから、と話す彼女の髪に日差しが当たると本来の色が透けてみえる。美沙希の髪は真っ黒ではない、彼女はそのことを知らないのかもしれない。少し茶色がかった線の細い髪に目を細めながら「誰に」と尋ねると「男に」とすばやく言い放つ。

「処女性みたいなものに価値を見出す男が多いから。ウブなのがいいのよ。実際ウブかどうかは別としてね。ほんもののウブはだってもっとずっと野暮ったいでしょ。洗練されたウブなんているはずないのに。夢を見たいんだね」

傲慢な発言も様になる、持て余したように長い手脚を揺らしながら美沙希は冷笑する。歩いていて男にぶつかられると舌打ちし、ぶつかられた箇所を慰めて「ふざけんな商売道具に」と悪態をつく、鏡を見ながら「綺麗な顔にニキビができた」と顔をしかめる、その強烈なナルシシズムはどこか超然として見えて、私には眩しい、眩しいものは見にくい、強烈すぎて目が痛くなる、まともには見ていられない。眩しさを遮断するために美沙希の話をする、美沙希のいないところで美沙希の話をする、その相手は決まって夏海（なつみ）で、夏海は大学時代の友人だが、美沙希と面識がある。夏海と大学の友人と四人で見に行った花火大会に途中から美沙希も乱入し、その時が初対面だった。

「何その理由までイタイね。二十四にもなってそれって――」

つい最近、何かの会話の折にまた美沙希の話になり、話の内容は覚えていないが、美沙希の自慢話か何かだったのだろう、夏海は彼女を一蹴した。爽快だった。

私はきわめて一面的な思考の、偏った了見が自分を侵蝕する前に放出しなくてはならない、脳がそれ一色になるのを怖れている、私はだから口にする、それもまた偏っている、何が正しさなのかわからない、しかし別の新たな思考と対立させ循環を試みる。これは悪口ではないと言い聞かせながら批評家気取りの安全な立場で偉そうに減らず口を叩く。あるいはそれは妬(ねた)みかもしれない嫉(そね)みかもしれない僻(ひが)みかもしれない、僻論(へきろん)である。安奈には話さない。

夏海の職場は丸ビルにあり、だから私たちはその周辺でよく飲んだ。夏海は切りっぱなしのショートヘアがよく似合う、大ぶりのピアスが正面を向いた耳たぶの下で揺れる、右手の薬指に彼氏とお揃いだというペアリングを結婚指輪よろしくずっとつけていて、その彼氏とは大学時代からの付き合いで同棲してもう三年になる、気分屋で転職を繰り返す、結婚の話をするとはぐらかす、「同棲して何年？」と私は聞く。知っているが、会うたび尋ねる。その確認をするところから私たちの会話は始まる。

「また仕事変えたいとか言ってて最悪だよ〜。家賃ろくに入れてくれないくせに家事もしないし」

「別れるつもりないの？」

「うーん？　それも考えてるよ？　あと一年やってみて、それでも仕事とか諸々うまくいかなかったら解消かな」

　同じ話を、毎年のようにしている。別れる別れない同棲をやめるやめない。美沙希の前で口を滑らせる、美沙希のいないところで美沙希を嘲弄している夏海の愚痴や結論など出ない出るはずもない空疎なやり取りの一部始終を滔々（とうとう）とまくし立てる。美沙希は引き攣（つ）った笑い声をあげる。彼女の笑い方は痙攣しているみたいに見える。私は両手を口元に持っていき、口元を隠すようにして笑う。大きく開けた口の穴から腹の底を覗かれそうで怖い。カトリック幼稚園に通っていた頃、口元に持っていった手は祈りを捧げるために、いつも左右の指同士がきつく交差されていた。当時の出来事などほとんど思い出せない、何を祈っていたのかも思い出せない、ただきつく交差した指同士を離した時の、離れがたいほど強く密着した、熱のこもった汗ばんだ手の感触が今も残っている。私の皮膚は指を押し当てたためにうっすらと陥没し、時には伸びた爪の痕がついていた。身体の中心を貫くように眉間には深い皺が集まった。力む必要などなかったのかもしれない。どれほど力んでも、祈りは精神論であって、肉体の影響など受けない。

私がスーツを着ていた就活帰りも美沙希は薄着だった、ダメージジーンズには膝の部分に大きな穴が開いており、美沙希は普段からそういう穴の開いた服を好んで着ていて、それを見るたび私は心許なかった。寒そう、と言うと、寒いよ？当たり前じゃん開いてるんだから、と取り合わない。合コンで知り合った男の家に合コン当日に行ってセックスをした、その男に再び呼び出されたと言って私との飲み会を抜け出そうとする美沙希に忠告する、彼女は私の忠告を一顧だにしない。就活が思うようにいかず気落ちしている私の前で楽して金を稼ぐ方法を思いついたと報告する美沙希の狡猾（こうかつ）な、それでいて無邪気で杜撰（ずさん）な説明を受けながら、楽して稼ぐ方法などない、とどこかで聞いた通俗的な言葉は吐かない。もう育った、完成した、盤石で手ごわい、ここにあるのは過程ではなく結果である。まるで彼女の意思とは無関係にはぎ取られたような、そこだけ切り抜かれたような、虫食いの、えぐれた、くぼんだ、無意識の破れ目に、私は頭の中で寄せ集めた布をあてがいつぎはぎのように繋ぎ合わせることをいつしかやめてしまった。

あの時、居酒屋で隣に腰掛けていたおじさんが美沙希のグラスに鞄をぶつけて、残っていたビールとともにグラスが割れて彼女に降りかかった。美沙希が悲鳴をあげ、私は立ち上がった。彼女の穴の開いたジーンズの、むき出しの皮膚の上に破片がのっている。店員がお絞りを持ってきて、おじさんが赤らんだ顔で平謝りしている。その視線は美沙希の穴に注がれている。歪に縁どられたぎざぎざの輪郭から覗く破れ目。冷えて鳥肌が立っている青みがかった肌の上で、透明な薄片がきらめきを放つ。


「きいてんのかっ」

美沙希が急にテーブルを叩いて大声で怒鳴り、タバスコを倒した。私は驚きつつ倒れたタバスコを立て直す。美沙希はひとりにするとよく怒った。酔うとさらに拍車がかかった。それは文字通りひとりであることを指すわけではなく、ふたりでいても彼女にひとりぼっちだと思わせること、孤独であると感じさせること、美沙希に寂しさを抱かせてはいけない、だがそうやって誰も彼女を構い、構えなくなったものは離れていき、離れなかったものだけがここにいる、私は憐憫（れんびん）を感じてここにいるのかもしれない。美沙希はその憐憫を疎むだろう。しかし煩わしく煙たい、乱れている、交錯している、翳りがある、ときに写し鏡のように浮き彫りになる、そのわりに明確に線を引く、あなたと私は違うのだと線を引く、その線が美沙希をひとりにするのかもしれない、私はただ笑っているわけではない。

　店内の陽気なＢＧＭの曲の切り替え時に一瞬だけ間が生まれる。そのわずかな間隙を縫うように美沙希の声が響く。集まった視線は、しかし曲の開始とともに散っていく。

　美沙希は凍らせたマルガリータの入ったグラスにコロナビールが瓶ごと差し込まれているコロナリータというカクテルを気に入って、なくなるとすぐに注文した。太めのストローがささったそのカクテルは、一口もらうとたしかに冷たくて少しあまくてでも苦くて、食事を邪魔しなかった。溶けかけのやわらかい氷が舌の上にのった瞬間から消えていく。美沙希が笑うたびにテーブルが揺れ、グラスに差し込まれたストローがまわった。美沙希は派手なネイルの施された長い爪先でストローの先端を引き寄せ、突き出した唇から啜った。その唇はラメを含んだグロスでいつまでもつややかに濡れている。

「そんなにのんだら帰れなくなるよ」

途中から酒ではなくジュースに切り替えた私は酔いの醒めてきた頭でぬるい忠告をする。もう遅いよ……！　と大きな声をあげ、美沙希がテーブルを叩く。タツヤくぅん、と男の名前を呼ぶ。うるさいよ、と私は苦笑する。結局あの男とはどうなったのか、私は美沙希に聞いていていない。

そういえばさ、とソファの上で脛毛(すねげ)をかきながら広矢がつぶやく。

「安奈ちゃんって、彼氏いるの？」

私は背中越しに質問を受け、うまく答えられずに押し黙った。

「さあ……」

「さあって、そんなことも知らないの？　親友なのに」

屈託なく笑い飛ばす、その表情が、言葉が、口調が、癇に障った。しかしそれは安奈に対する苛立ちへと瞬く間に変異し、私はそんなことも教えてはもらえない、いや、そういうことだからこそ話してはもらえない、私たちにとって異性とは何か、恋愛とは何か、私はよく安奈の前で男性をなじった、つまらない汚いいやらしい生き物だと貶めた。男は煩わしく、恋愛は面倒だということを安奈に身をもって実証した。事実その終焉は精彩を欠いていた。

　始まりはいつも燃えた。並んで歩くといつも隣で揺れている手に当然のように手が絡んだ、この手はこの手に絡ませるもので、この指はこの指以外に馴染むものはないと手に記憶させていた時、私は男と遠回りばかりしていた。少しでも長い時間を共有するために、何も障害がないのに迂回路を歩き、歩き疲れると繋がった手を揺らし、その繋ぎ目を意識した。いつしか繋ぎ目は瘤のように肥大化し、どれほどきつく繫いでも、完全ではないと思う。これが繫がることの完全な形態ではないが、他に方法を知らない気がする。どれほど技術が発達しても、古典的な、原始的な、通俗的な、見慣れた、既視感のある、型にはまったやり方でしか繫がれない。何か他にもっと方法があるのではないかと思いながら、幼い頃道ではぐれないように結んだ、進むべき場所がわからずに先導された、目的があった、どこかに繫がっていた、造作のない行為だった、大人になればしかし意味を持たない接触は減る。感情を伴う接触の最中、私は肉体を楽しむ。自分とよく似た、だが細部まで見ると違う、押せば凹む、凹んだ箇所は戻る、長く短く太く細い、肉体は反発する、声を発する、耳を澄ませる、あたたかく弾力がある、やがて私は手を繫ぐと汗が溜まることに気づく。指の合間、手のひらの窪み、どちらのものかもわからない、あるいは混ざり合った汗が溝を縫って流れてゆく、密着していれば暑いのは当然で、その当たり前の事実を認識する。夏はとくべつ暑い。ひとりでいても暑いのに、ふたりで身体を寄せ合うと余計に暑い。焼けつくような暑さの中で、暑い暑いとこぼしながら、夏の暑さをひたすらに疎ましがりながら、涼しい空間を求めて移動しながら、繋いだ手は離さない。冬になると寒さから人肌を求めて寄り添う。寄り添うと、暖かいような気がするのに、ある瞬間に、相手の冷たい手が自分の貴重な身体の熱を奪う感覚にとらわれる。

やがて私は不自由であることに気づく。繋いでいない方の腕にバッグをかけ、繋いでいない方の手でスマホを操作する。本来ふたつあるはずの手が、片方使えないことに気づく。私はそのことに、ずいぶん前から気づいていた。気づいていてなお不自由さすら愛していた。私は暑いことを理由に手を離す。冷えた手を自分のコートのポケットに沈める。強固なのにあっけない。揺るぎなく、はかない。

広矢は、安奈に彼氏がいないのなら、大学時代の友達を紹介したいと言い出し、私に卒業旅行の時の集合写真を見せ、隣の男とポーズを決める、その豆粒みたいに小さい、顔の造形も浮かべた表情もいまひとつ判然としない男を指差した。

「安奈ちゃんの写真も見せてよ」と言われ、私は首を横に振った。

「何で？　あるでしょ？　え、なんでよ。いいじゃん」

「……あの子、処女なの」

聞こえないほど小さな声でつぶやき、事実それは広矢の耳まで届かず、聞き返される。

「あの子、バカなの」と私は言いなおした。

「何もわからないの。無知なの。のろいの。とろいの。……すごく、かわいいの」

かわいいんだ、と繰り返し、戸惑った表情を浮かべる広矢の顔を包んで唇を重ねた。わかりやすい効果音のような唾液が絡む音が響き、顔を離すと顔が追いかけてきた。

「そろそろ帰らないと。明日仕事だし」

広矢の肩越しに壁にかけられた時計を眺めると、急に現実に引き戻された気がして、慌ただしく食べた菓子を片付け荷物をまとめる。「駅まで送るよ」と広矢が立ち上がり、コートを羽織る。外の空気を孕（はら）んでいる、纏った分だけ分厚くなった彼の身体に正面から抱きつく。私に抱きしめられる安奈のように、私もまた抱きしめられたかった。しかしそれは安奈ではなかった。安奈は抱きしめられることはできても、抱きしめることはできなかった。あの子の短い腕は、私の背中にまわりきらない。

首を伸ばすと口が近づき、腰が動き、尻に手がまわる。私の身体が、床からわずかに浮く。明日になればこの人の匂いを忘れてしまうかもしれないと思い、首に腕をまわして耳たぶの後ろに鼻をつけ、深く吸い込む。溜め込んでいたものを放出するように、それは私が鼻を近づけると強く香る。この人の匂いを、嗅いだことがない。街を歩けばたくさんの匂いが溢れているが、この人の匂いと同じ匂いはない、どこにでもありそうでどこにもない、柔軟剤でも香水の匂いでもない、いつの日か倦厭するかもしれない、だがその時はまだきていない、ここにあるのは芳しい香りではない、汗や皮脂の滲んだ、増殖した菌が生んだ、避けるべき毒なのかもしれない、汚いことはわかっている、しかし汚いものほどそそられる、淀んだ肉体は清らかな水ばかりではない、汚いものにまみれて清浄される、私は自分の身体を愛している。唇に押し付けながらベルトを外す、伸びた髭が柔い肌を削る、舌で舌の熱をはかる、トランクスに手を入れて性器をまさぐる、床に転がったナッツは拾って口に入れるのも躊躇うのに、放尿した、汗で蒸れた、熱を帯びた性器は易々と咥える。先端が喉をつく、私は口の奥行きを意識する、唾をかけ指で擦る、撫でるように滑る、満たすようになぞる、鎮めるようにあやす、傷口に軟膏を擦りこむみたいに慰撫する、湿潤と硬度を保ち、脈打つ表面を舌が這う、好きだと思う。腿に添えた手が冷たい。冷えた手に無骨な手が重なる。祈るように指先が絡む。

翌日が職域健診だと気づいたのは深夜に家に帰宅した直後だった。昨日までは覚えていた、スケジュールにも入っていた、問診表を書かなければならないと頭に留めていた、どの時点で抜け落ちたのか記憶をたどるが、明瞭ではない。安奈から「会いたい」と連絡を受けた時にはおそらくまだ覚えていた、安奈と会って話すうちに飛んだのだろうか。たしかに彼女の話は私の思考や記憶を一挙に奪い去った。私は帰宅後すぐにシャワーを浴び、キッチンの水道とホースで繋がれた浄水器からグラスに水を汲んで飲みながら、昔付き合っていた人が東京の水は旨いと言ってよく水道水を飲んでいたなどと何かとりとめもないことに思いを馳せ、私は彼の家で料理を作るとき水道水で野菜を洗うのが嫌でペットボトルのミネラルウォーターを持ち込んでいた、水は野菜の表面を流し、水は無色透明で、汚いか綺麗かなどわからない、でも私は何か信念のようなものを抱いて信念のようなものを貫いて、あるいは抵抗して、ペットボトルのミネラルウォーターで野菜を洗っていた。いつか洗うのをやめた、馬鹿馬鹿しくなってやめた、彼氏の家から徒歩で十五分くらいのところにあるスーパーで買ったミネラルウォーターと食材の入ったレジ袋を両手に炎天下を歩く、日差しが私の肌を焦がした、瞳を焦がした、夏の暑さが私の思考を奪った、私はその時も安奈のことを考えていた。安奈と真夏に浅草の仲見世通りを歩いた時のこと。私たちは暑さに耐えきれず、露店で安物のサングラスを買って装着した。眩しさの和らいだサングラス越しの世界は少し青みがかったグレーで瞳に籠った熱を冷ます。サングラスをつけた安奈の背伸びした子供のような風貌に笑みがこぼれる。あの日買ったサングラスは、あの日しかつけなかった。私たちにはそういうものが多かった。衝動的で、軽率で、思慮が足りない。親からもらう小遣いだけでやり繰りしていたあの頃手にしたいくつものがらくたを売ったらお金になるんじゃないかとふたりでリュックに詰めてリサイクルショップに持ち込んだ。下北沢で買った派手な古着のシャツ、お揃いのピンキーリング、願いが叶うといわれる人形、遊園地で買った魔法のステッキ、お祭りの出店で売りつけられた光るお面、背丈の合わなくなった浴衣、あるいはどこで買ったのかも思い出せない、使い道もわからない、機能しない、有象無象の雑多なものたちを還元しようと試みる。汚れがあった、傷があった、私たちが数百円、数千円で買ったものは一円にも満たなかった。安奈が別に持ち込んでいたゲームソフトだけが唯一、三千円弱で売れ、私たちはそのお金でドーナツを三つずつ食べ、私は家に帰ってから母親の作った料理を既に満たされた胃袋の中に無理やり押し込んだ。同じ時期に私たちは川を越えたところにある市民プールを目指して自転車を漕いだが、到着する前に雷雨に遭い、断念した。またいつか行こうねいつでも行けるもんねと言って行かなかった、同じ道を、いつだったか、男の車に乗って通り過ぎた。男は運転席にいて、私は助手席にいた、夕陽の眩しさをこらえていた、開け放した窓の向こうから、あの頃の私たちみたいな歓声が重なって聞こえた。

　役に立たないかもしれない、無駄で贅沢な時間かもしれない、いたずらに好奇心ばかりが先行していた、蹉跌（さてつ）をきたし続けた、年を重ねても薄まることのない、むしろ経るごとに鮮やかに強固になってゆく記憶を転がし続ける。その記憶が切れ目なく現在と繋がっていることを確認するように転がし続ける。フライドチキンの骨のように、しゃぶるといつまでも味がする気がする、舐めとっても舐めとっても絡みついている、骨の髄までしゃぶる、染み出てくる、自分の唾液で湿らせて、時間を置いてまたしゃぶると最初に食べた時と同じ新鮮な気持ちがした。本当はもうとっくに味などしないのかもしれないその骨の味を、安奈だけはわかるはずだと信じている。

積み重なったチラシや公共料金などの郵便物の合間から、いやに大きい封筒の端が目に留まって引き出した。封を切り中身を取り出す。健診は明日だった。前日の夜九時までに飲食を済ませておくようにという内容の文面を熱の冷めた頭で繰り返し読み、問診表と尿検査一式を枕元に置いて就寝する。

　翌日目覚めたときには何か忘れていると思い、トイレに行って用を足してからハッとした。慌てて水を大量に飲み、出ない尿をしぼりだす。膣を締める感覚と緩める感覚は相反するのに似ている。力み、空を仰いだ。小鼻が膨らみ、トイレマットの上で足の指が丸まる。身体を捻転（ねんてん）させ、便座の上で尻をずらす。もう一度、空を仰いだ。

　身長が昨年より〇・五センチほど伸びた気がする。体重はおそらく二キロ落ちた。学生の時から身長も体重もほとんど変動がない、視力は著しく落ちた。昨晩遅くまで飲食していた自分を咎（とが）めつつ、速やかに滞りなく行われていく計測の中で、私は目や耳や喉や股を開いた。

　機械的に捌かれていく、生年月日を聞かれ測定し、また生年月日を聞かれ測定する。内側に器具がさしこまれる、胸や手首や足首に吸盤がはりつく、流れている血液を採取される。注射針が皮膚に刺さる、その接触面を目を凝らして見る、看護師が話を振ってくる、私の意識を逸らすように話題を提供する、私は曖昧な返事しかできない、緊張しているのかもしれない、毎年毎年惰性でこなしていく、自分の肉体が健やかに機能していることを確認する、状態から自己を顧みる、私はときおり生を厭う。疎ましく、忌まわしく、憂鬱で億劫で、そう思いながら、私は心臓の鼓動に安堵する。持続していること、揺るぎないことに安堵する。採血が終わり、針を抜いた箇所に清潔な脱脂綿があてがわれる。私はそこに自分の手を添えて止血する。震災があった時、高校生だった。目の前で昇降口のガラス扉が割れた。割れたガラスの破片を眺めながら、安奈を思った。安奈とは高校が別々で、彼女は学校の行事で遠くにいた、私からずっと離れた場所にいた、どこにいたかは思い出せない、安奈の安否を確かめることに必死で、記憶がところどころ抜け落ちている。死が実感を持った。この数年で、さらに身近な人間が亡くなり、死がまだ実感を持っていなかった頃の記憶が遠くなり、忘却を怖れた。忘れてはいけない、地層のように堆積していく記憶の、下の方から順に、あるいは薄いものから順に。私の脳が記憶を厳選していく、蓄えることのできる記憶には限界がある。病で床に伏しながらも命脈を繋いでいる人間に触れる。その時は生きているだけでいいと思った、それだけを望んだ、それしかいらないと思った、しかし私はそのことをすぐに忘却する。気がつけば生きることに加えて何かを望んでいる、生きているという前提で多くに期待している、それ自体が生きていることなのかもしれない。欠けていると満たそうとする、満たされても欲する、埋まらないものを埋め続ける、欲が先行する。死んだ時、骨のように欲望だけがそこに横たわっているのかもしれない。

待合室のソファに腰かけ、私は止血している左手をそのままに、右手でスマホのロックを解除した。安奈からラインがきていた。

「ごめん涼子ちゃん」

「ちゃんと説明できなくて」

「きのうは」

「わたしがへたで」

「話がへたで」

「言えなくてうまく」

既読している間に次の言葉が更新される。安奈はラインでも拙い。伝えるべきことがまとまってから文字を打ち込むのではなく、頭に浮かんだ言葉が順序も構成も何も考えずに打ち込まれていくようで、とりとめがない。

「ごめんなさい、、、」

「涼子ちゃんを不快なきもちにさせてしまって、、」

私は黙って、安奈が文字を打ち込むたび上昇する、スクロールしなければ画面上からやがて見えなくなるであろうトークを遡る。トークの内容よりも、いま安奈がどこでスマホを操作しているのかが気になった。

「バイトは?」

文字を打ち込む。

「今日バイトはいいの?」

前の話を遮るように湧いた質問に、しかし安奈は素早く返答する。

「いま休憩中」

「だからだいじょぶ」

「ならいいけど」

「うん！」

「私おこってないよ。ちゃんと話してほしかったってだけで」

「ほんと？　よかった……」

「いままで話してくれたじゃんなんでも。私たちはさ、」

「付き合ってるんだ」

「きのう話してたひと？」

「そう。わたし、あんま人を好きになったりしないじゃん？　涼子とさ、彼だけなんだ。ほんとに好きって思えたの」

「それはちがうでしょ。私とその人は」

「いっしょだよ。わたしにとってはいっしょ。だって、」

私は待合室にいることも忘れて思わず嘆息をもらす。長椅子の隣に腰掛けて雑誌をめくっていたおじさんが小さく身をよじった。安奈の言葉は続く。

「どっちもたいせつ。だし、これから先こんな好きな人と出会えない気がする」

「どんな人なの？」

「年はわたしとおなじ。フリーターだよ。今ね、同棲しようかって話してるの」

掛ける言葉を考えているうちにトークが更新される。

「わたしも家出たかったし、彼にもね、ひとりで住むよりふたりで住んだ方が家賃おさえられるからって言われて」

「好きなの？　ほんとにちゃんと好きなの？　そのひとのこと」

目の前に安奈がいるかのように、私は前傾姿勢になってスマホの画面に顔を近づけた。

「好きだよ」

知らない名前がアナウンスされ、検診衣を纏ったおじさんが立ち上がり診察室へと入っていく。私はスマホの画面を見つめる。

「好きだし、まもってあげたいんだ。彼のこと。わたしが」

私は画面を閉じ、背筋を伸ばした。こんな風に、陳腐で幼稚な、ロマンチックで俗っぽい、それこそ女子中学生の雑談のような話を、しかし私と安奈は自分たちが中学生の時にはしなかった。中学生の時だけではない。高校生の時も、大学生の時も、呆れるほど長い時間を共有したはずなのに、私たちはしなかった。私は気の赴くままに誰かと付き合い、付き合っては別れ、また付き合い、その時々に様々な感情が渦巻いたが、その感情を決して安奈と共有しようとはしなかった。安奈はいつも、私の恋愛や性愛の埒外にいた。ロック画面が光る。

「涼子は、誰かを本気で好きになったことある？」

アナウンスで自分の名前が呼ばれていることに、少し経ってから気がついた。


翌日の早朝、尿意とともに目覚め、トイレに駆け込んだ。膀胱が悲鳴をあげていた。こういうことは珍しかった。一度寝れば、目覚ましが鳴らない限り昼過ぎまで目覚めることはない。眠気は強く、生理現象に苛立ちながら足が廊下を進み、指がトイレの電気を押す。明るさに、半分も開いていない瞼が重くのしかかる。寝起きの鈍い身体は伸びをすると骨が鳴った。便座に尻をつけるが、出ない。尿意はあるのに、排尿されない。昨日の朝、出し切った尿を再び出すために踏ん張ったように、私は膣に力を込めた。今まさに排泄されそうである。だがすっきりしない。尿を限界まで溜めた膀胱が、脳に激しく訴えかけている。筋肉が収縮する。尿道が開く。つかえている。妨げられている。出口が塞がれているようだった。尿路で停滞し、どんなに踏ん張っても数滴の尿が垂れるだけで、流れることはない。膠着（こうちゃく）状態が続いた。強烈な残尿感は、時間を経るごとに増していく。股を拭くとトイレットペーパーに血が滲んだ。便器を覗くと赤く染まっていた。意識が覚醒していく。不快な残尿感から解放されたい一心でトイレを出て、キッチンで水を呷（あお）るように飲んだ。喉が動き、淀みなく動き、渇きが癒えても飲み続けた。広矢の家にある、水をあげすぎると枯れてしまうという植物が浮かぶ。生命の維持は難しい、実家を出る時に祖父がくれた、その祖父は昨年永逝（えいせい）した、同じ植物でも光の当たらない側の葉が当たる側の葉に比べて大きさに偏りが生まれる、だからときどき俺が向きを変えてあげるんだと広矢が言った、青緑の葉が茂る、細い幹の、折れそうな枝の茎が葉を支える、あの植物の名前を何といったか。

仕事を休み、泌尿器科の医師が午後しか診療を受け付けていないというので、地元の総合病院の内科を受診した。大量に水を摂取したせいか、家を出る直前にトイレに駆け込むと、尿が流れた。しかし排尿には強い痛みを伴った。ずきずきでもちくちくでもぴりぴりでもないこの痛みのはげしい疼(うず)きの、経験のない、経験がないから表現しがたい、適切な効果音は何か、冷静に自分の状態を分析するくらいの余裕はまだあった。余裕がなくなったのは病院に向かう途中で、到着した時には強い尿意を催し、それは残尿感とは違う、今ならきちんと排泄できそうな気がする、問診表を書きながら堪える、この堪えている状態が膀胱に負担をかけさらなる悪化を招きそうで不安になる。受付で症状を告げ、慌ててトイレへ向かう。トイレでやはり尿は流れた。勢いよく放尿、それに伴う疼痛(とうつう)、スマホでググると膀胱炎に行きつく、あらゆる角度から検索をかけても膀胱炎に行きつく、なったことはない、だが原因の見当はつく、生理四日目でセックスをしたのは自分の落ち度だったが腑に落ちない、何か腑に落ちない、私の身体は私を責める。私の選択を咎める。混沌としている。

受付に戻ると尿検査をするよう促され、紙コップを渡された。今してきたところでもう出せないと訴えたが、どうしても出なければ声をかけてくださいとやんわりかわされる。出ないものは出ない。生理現象なのだから。あの黄色い、腎臓で生産された、膀胱で蓄積された液体について考えたら眩暈(めまい)がした。絞り出さなければいけない。専用のトイレで再び尿を出すために尿の入ったコップを置く場所の小窓の取っ手を眺め、意識を集中させ、また力んだ。

医師に処方された抗生剤を、きっかり五日飲み続けた。排尿時の痛みは二日目まで続いたがその後ゆるやかに下降していった。なぜ膀胱炎になったのかと診察時尋ねると、医師は女性の尿道は男性に比べて狭いから細菌が入りやすいというようなことを滔々と述べ、私を見た。質問をしたわりに興味が持てず、私はパソコンの画面上に映ったカルテをぼんやりと眺めていた。

ちゃんと顔を見て話をしたいと言われ、週末に再び私たちは会った。渋谷のざわめきと喧噪であふれかえった雑踏の中で安奈を認めた途端、私は息を切らして彼女にぶつかっていった。

「涼子」

安奈が私を抱きとめ私の名前を呼ぶ。ふたりの間で空気が膨らむ。膨らんだ空気ごと抱きしめる。安奈に呼ばれるとき、私は自分が涼子だと意識する。その名前を、親がつけた、染みついた、呼ばれ慣れた、同じ名前の人が呼ばれれば振返る、ありふれた、でも特別な、安奈の声帯を震わせる、丁寧に受け止める、慎重に包む、私は自分を愛せそうな気がする。この顔を、この身体を、存在を、許されている気がする。

途切れることのない人の流れに乗って道を進んだ。話をするためには、歩く必要があった。それも店に入って向かい合うのではなく、肩を並べて足を動かしながら、前に進む必要があった。途中でタピオカ屋を見つけてテイクアウトし、再び歩みを再開する。安奈はあっという間に茶色い液体を啜り、プラスチック容器の底に溜まった黒い粒をストローをまわして追いかけていた。このもちもちした弾力のある塊を蛙（かえる）の卵と揶揄したのは安奈だっただろうか。きもちわる。ぐろいな、と言いながら、街中で店を見かけるとどちらからともなく飛びつく。買ったものを手に、街に繰り出す。店に簡易的なカウンター席があっても、私たちは外で道を歩きながらそれを飲む。学生時代毎日のようにしていた飲み歩き食べ歩きの名残だろうか。向かいあって温かい珈琲を啜るよりも、冷たくて質量のある飲み物で身体を冷やし、吸引と咀嚼の連動で顎をくたびれさせる方が、らしい、と感じてしまう。

「今日は話があって」

歩きながら安奈は切り出した。

「付き合ってる人のことでしょ？」

「そうじゃなくて。それもあるんだけど、それだけじゃなくて」

「なに。改まってどうしたの」

言いにくそうに言葉をためる安奈に、私は身構え、誤魔化すように少し笑った。

「お金、貸してもらえないかな」

「……？」

「少しでいいんだ。貸してもらえないかな」

「何に使うの？」

「何に……」

安奈はまた口ごもり、歩く速度を急に落とした。

「お金がなくて――」

安奈が言いかけた時、前方から歩いてきた派手な風貌のカップルの男性の腕が安奈の肩に触れ、彼女は萎縮するように身を固くした。私は安奈の肩を抱き、道の端に寄せる。

「なんでないの？　何に使うの？」

自然と語気が荒くなったが、責めているわけではなかった。

「……わたしじゃないの。お金が必要なのは、わたしじゃないの。……彼が、なって。わたし、協力したくって。ただそれだけで。涼子ちゃんならわかってくれるかもって思って。それで——」

「でも、そういうのは。お金の貸し借りとかそういうのは……」

「わたしだってそう思うけど……理屈じゃないの。涼子ちゃんは、人を好きになったこと、ある……？　本気で好きになったこと、ある？　この人のためなら何でもできるって思えたこと、ある？」

愚直なほど強い眼差しを安奈は私に向け、私はその瞬間何かをあきらめた、何をあきらめたのかはわからなかった。

「付き合ってるの？　その人と」

「……うん」

「したの？　セックスしたの？」

「うん。でも涼子ちゃん」

「やめときなよ」

やめときなよ、と私はもう一度語気を強めて言った。

「でも好きだって……」

「好きだって言うよ？　好きだって言うに決まってるじゃない。バカなの？　バカだよね？　安奈はバカだもんね。そうやってすぐ騙される。私は言ったからね。やめときなって、言ったからね」

「涼子は彼を知らないから」

「知ってるよ」

「知らないじゃん」

「私は安奈を知ってる」

「怒ってるの？」

「怒ってない！　安奈は――」

私が立ち止まり、安奈は私より少し進んでから立ち止まった。放心し、泣いている私を、行き交う人々が好奇の目で眺めていた。中学生の時、安奈が腹痛で保健室に担ぎこまれた時も私は泣いた。悲しいことがあったのかと友人に聞かれ、うまく答えられなかった。私はあの時、安奈の身体が遠くて泣いていた。未熟な私は彼女に触れるほど距離が縮まると信じていた。肉体がぶつかり衝撃波を受け止める、密着するたび境界が曖昧になり、私の思考や感覚が安奈へと注ぎ込まれる。不離一体となりたかった、綺麗なものを見て綺麗だと思う、美味しい物を食べて美味しいと感じる、同等の、同質の、まるきり同じ痛みや感覚を享受したかった、それにはいつも足りなかった、心許なかった、完全ではなかった。セックスの最中、膣内に収まっている性器の、その結合部を見ながら「すごいエロいよ」と男が腰を振る、挿したり抜いたりしながら腰を振る、摩擦が生まれ肉体が揺れる、私は繋ぎ目を意識する。私たちに足りないのはこれかと思った。だが繋ぎ目は目に見える。ほどくのはたやすい。快楽は刹那的で、情は脆い。

「ねえ、泣かないで。ごめんて」

安奈の手が私の頭に添えられる。小さな手。私は急に抱きしめられたくなる。強く抱きしめられたくなる。愛されたくなる。安奈の腕は、私の背中にはまわらない。安奈は私の前髪のあたりを上から下へなだめるように撫でながらどこか物憂い表情を浮かべ、遠くの方を眺めながら間延びした声で告げる。

「ねえ涼子ちゃん、わたし、セックスがあんなにいいものだって知らなかったよ」

安奈の声が遠い。肉体が離れていく。

翌週末に会社で飲み会があった。私は毒素を流すために無味の水ばかり飲んでいたので、酒はいつにも増して刺激的だった。呷るように飲んだ、淀みなくとめどなく続いていく思考に歯止めをかけたくて飲んだ、それでも思考は反復する、記憶は巡る、物を見て浮かぶ、人を見て改める、縷々として尽きない、会話の折に憂慮する、安奈は今頃何をしているだろうか。

結婚したばかりの上司が、若い女性社員を口説いていた、酔った勢いで、家に行きたいとしつこく持ち掛けていた、その女性社員が上司から逃れて別のテーブルに行き、愚痴を吐く。わたし彼氏いるんですけど、ああいうのマジでだるいんですけど。繰り返した。わたし彼氏いるんですけど、そういうのわかってて言われるのほんとムリ。私は笑っていた。生ビールの「生」を連呼し下ネタですよと窘められた上司が密かに浮気願望があることを語り出す、願望で留めておきましょうと誰かが言う、酔っぱらいの言うことはあてにならない。同僚がジャニーズの推しの話を始める、ライブに行きたいが、いつもひとりで行くか、推しが異なる友達と行くか、SNSで知り合った同じ推しを持つ初対面の人と参加するか悩んでいると言う、私には推しがいないからわからないができるだけ誠実に答えようとする、酔っているから正しい回答かわからない。残業で遅れてきた社員が加わって、テーブル席の話題はいつしか将来への不安に変わった。上の子が卒業したと思ったら次は下の子でしょ。いくらあっても足りないわ。うちも家のローンが残ってる。順番だよ順番、と誰かが言った。笑い事じゃないよ、いつか涼子ちゃんも。言葉が、そこで切れた。誰かが、一億欲しい、と言った。突発的で、突拍子もない、空に向かって叫ぶみたいに居酒屋の天井に向かって叫んだ。宝くじ当たんねえかな。一攫（いっかく）千金狙いたい。煌々（こうこう）と明るい、天井から吊られている、それは高い、私たちを照射している、灯を見つめる。安奈に会いたい。安奈はあれ以来、私に会いたいと言ってこない。ときどき、性に関する生々しい体験談が送られてくる。ゴムなしでやるとね、全然ちがうの。ほんとにね、全然。密着してるって感じ。私は話に乗っかる。私からは遠い、異なる肉体を持った女の話を聞く。安奈は不満も垂れる。容赦がない。彼氏のこととなると、容赦がない。周りが見えない。

最近彼に変な虫がついてるんだ、仕事終わりにね、その女から差し入れをもらって帰ってくるの。シフト被るたびにだよ。どうかしてる。私がいるのに。渡す女も。もらう彼氏も。涼子はどう思う？

酔いを醒ますため、駅から電車に乗らず徒歩で帰路についた。途中で遠回りをし、中学校の時の下校ルートをたどる。安奈は少し前に同棲を始めた。少しでも長くいたいから、わずかな時間も離れがたいから、だから一緒に暮らすことを決めたのだと。私は下校途中にあった、今でもある、何も変わっていない、小綺麗なアパートの前で足を止める。昔安奈とふたりで将来ここに住みたいと話した、大きくなくてよかった、外観の形が色が好みだった、中を見たことがないのに想像が広がった、階段を数段あがる、その階段の下には可憐な花壇がある、壁の塗装が洒落ている、落ち着いた青のような、哀調を帯びた色彩、でも青には種類があるからこの青がどれなのか知りたいと思った、美術の授業でもらったカラーチャートをめくってこの色が近いと言い合った、その色の名前を私はもう思い出すことができない。蹌踉（そうろう）とした足取りで階段の前で足を止めた。部屋は分けたいねと話した、プライベートは大事で、でもすぐ会える距離にいたい、壁越しに物音が聞こえるくらいの、何か起きたら真っ先に報告できるくらいの距離の、喧嘩をしたらしばらく顔を見ないでいられるくらいの、ずっと一緒にいたいから、長くふたりでいたいから、適切な距離を保とうとした。私は口ずさみながら、ゆっくりとその場から離れる。昔彼女とともによく口ずさんだ、カラオケの十八番だった、憧れていたシンガーソングライターの、あの頃はよく夢を見ていた、行きつけのファミレスで履歴書を書いた、事務所に送るためだった、ユニットを組み、デビューしようと語り合った、学業に打ち込まず、進学せず、就職せず、ふたり一緒に何者かになり、金を稼ぐ夢を抱いていた。バランスが崩れるのが怖かった。等しく同じ景色を見る必要があった、無謀ではないと思った。贅沢は言わない。隣り合わせの部屋で、安奈の足音に耳を澄ませたい。

安奈から呼び出されたのはそれからひと月ほど経った頃で、あまりに突然だった。仕事終わりに帰路についている途中、ラインの電話が鳴っていることに気づき、しかし電車の中で出られなかった。降りたら掛けなおそうと考えていた矢先、今度は連絡先に登録している安奈の携帯番号から着信があった。

自宅の最寄り駅の二つ手前の駅で降車し、安奈に掛けなおす。

「……どうしよう涼子ちゃん」

開口一番、安奈の声は震えていた。

「どうしたの？　何かあった？」

安奈の震えが電話越しに伝播（でんぱ）され、私の声も震える。高校の頃、深夜に彼女の両親が大喧嘩をし、助けてほしいと電話がかかってきたことを急に思い出す。安奈はあの時も取り乱していて、尋常ではないほど取り乱していて、彼女の不安は私に伝わり、しかし私は努めて冷静であろうとした。

「いま彼の勤め先のコンビニで」

「うん」

「あの女がいて」

「あの女って？」

「彼氏につきまとってる、前に話した、ほら――」

「ああ……」

「私、ゆるせなくて……」

「何が？」

「ゆるせなくて。だって……涼子も知ってるでしょ？」

「何を?」

「別れようって言われて彼氏に。他に好きな人ができたって」

「好きな人っていうのがその女なの?」

「ちがう。わかんない。でも多分そう。私がそう思っただけ」

「安奈、いまどこにいるの?」

「だから、彼のコンビニで」

「何しに? 別れたんでしょう?」

「私は納得してない。彼じゃなくて、その女に会いにきた。ゆるせなくて……だって私の」

安奈の声は、そこで途切れた。呼びかけても、応答がない。

「安奈っ」

乗客が立ち去った後のホームの端に寄り、電話越しに強く呼びかける。安奈——。声にならない息遣いだけを耳がとらえ、私がもう一度名前を呼ぼうとすると「どうしよう涼子ちゃん」と、何かにとりつかれているようなか細い声でさっきと同じ言葉が繰り返された。状況が読めない。まったく読めない。読めないからこそ想像が様々に及んだ。

「待ってられる？　今からそこ行くから。待ってて。……待ってられる？」

応答はなかったが、私には安奈が頷いたように思えた。再び電車に乗り込み、安奈とラインで連絡を取り合う。やがて返信が来なくなるとスマホから視線を離し、祈るように車窓から覗く景色を眺めた。

安奈と出会った時のことを思い出す。最初は教室だった。入学式を終えたばかりの、まだ右も左もわからない、教室を見渡しても知らない顔ばかりある、席の並びは名前順だということだけが妙に張り切った様子の担任の口から告げられる。自分の座席の位置を確認して着席する。私の名字は木戸で「か行」、先に前席に座った子が席を間違えたと思ったのか慌てた様子で立ち上がって振り返る。目が合った時、私は間違えていないという証拠に首肯した。彼女はほっとしたように破顔し、それを見た私も相好を崩す。安奈は加藤という名字で、名前順だと私のひとつ前だった。前へ倣え（なら）をするといつも、私の指先は安奈の背中へと続いていた。指先が到達すると、接触面から何かを注入するみたいにつつく。じゃれ合う。安奈が笑う。

学校というところは時と場合に応じて整列の仕方が変わる。背の順だと、私と安奈はひどく遠ざかった。私が後ろにいない、いるべきところにいない、安奈のさみしげに丸まった背中。私は彼女の背中に哀愁じみたものを感じ、それは自分が近くにいない時に感じ、今にして思えばそれは私の都合のいい解釈だったのかもしれない。私はずっと安奈の背中が丸まっていると思っていたが、本当は背中ではなくて首だったのかもしれない。襟足からうなじにかけて流れる柔らかい産毛。もうずいぶん安奈の後ろに立っていない。

安奈は硬い表情を浮かべ、コンビニのゴミ置き場の前に立ち尽くしていた。私の姿を認めると顔をあげたが表情は崩さない。視線が虚ろだ。手に握りしめているものに気づいて血の気が引く。私は首を左右に振りながら安奈に詰め寄った。

「安奈……」

自分の腹の前で手を構える私はひどく頼りなかった。

「涼子……。私、どうすればいいかわからなくて」

「話そう？　話して？　私が聞く。全部聞くから。これまでなんでも話してくれたじゃん」

声が掠れる。足に力が入らず、まったく入らず、仕方なく手に力を込めようとする、その手は震えている。

「許せなくて……私に嘘ついていてあの女と会ってたと思ったら私、許せなくて。飽きたのかな、私に飽きたのかな。そうだとしてもひどすぎる。あいつさえいなければうまくいってたのに」

「私がいるじゃん」

好きだよ。好きだよ私安奈のこと。私は裏切らない。安奈のこと、裏切ったりしない――。

「涼子の好きはそういう好きじゃないじゃん」

安奈は声を張り、片方の手をもう片方の手で支える。震える手に手が重なる。

カッターナイフの尖った刃先を正確な位置で保とうとする。私と距離をはかる。
「もう無理。もう戻れない」
人差し指だけ突き出して触れた、先端は鋭利だった。小さい頃、尖った先端が怖ろしくて、この世にあるすべての先端の角がとれて丸みを帯び、触れるものすべてに優しくなればいいと願った。尖っているものは痛い。痛くて、そして柔い皮膚を傷つける。血が、流れた。安奈は私の流した血を見てうろたえ、刃を引っ込め、茫然と立ち尽くした。

私の犠牲は指の皮数ミリ程度だった。絆創膏を貼り、風呂に入るとしみる。ふやけて皺の寄った部分が痒(かゆ)くて、楕円に近い傷口の周縁を掻いているうちにそれは治癒した。

夏のある日、私たちはいつものように待ち合わせをし、暑いからという理由で駅前のアイスクリーム屋に入店した。安奈は丈の長いＴシャツにショートパンツを合わせた出で立ちで、ショートパンツの裾はシャツの裾に隠れ、一見下は何も穿いてないように見えた。私には彼女がひどく軽やかに見えた。それは何も服装ばかりではない。失恋からさほど日が経っていないので空元気かとも思ったが、そうではなさそうで、悠々としていて、憑き物が落ちたような、解脱(げだつ)したような、だが危うさがなかった。以前は確かにあった、むしろそれが安奈だといえた、揺らぎ、迷い、頼りなくじれったい、支えがなければひとりで立てない、何もできない、遅い、あきれるほど遅い、私が守ってやらなければいけない安奈は。

「もう大丈夫？」

アイスクリーム屋のベンチで乳脂肪分の高い、いつまでも口内の粘膜にへばりつく、乳くささが後を引く冷たい塊を舌で溶かしながら、私はこわごわ様子を窺った。

何がと問い返す安奈の表情は笑っていない。笑っていないが怒っているわけではなさそうで、安奈はアイスを食べている。ときおり開いた口から覗く舌の表面は、アメリカンチェリーの毒々しい赤で染まっている。

「彼氏のこと」

「……ああ」

安奈は鼻で笑い、「もう終わったことだから。何であんなに好きだったのか、今考えると全然わかんない」と平然と言ってのける。落ち着き払った声のトーンはどこか冷徹さすら感じるほどで、私が安奈の顔を覗き込むと、今度はよく知っている笑顔がそこにある。

「あの人はもういいの。もういいんだ。涼子の言う通り、全然いい人じゃなかった。私がバカだったんだと思う。ちゃんと涼子に相談すればよかった。涼子の言うことを、ちゃんと聞けばよかった」

私はアイスクリームのカップを横に置き、冷えた指先を安奈の膝の上にのせる。冷たさに鳥肌が立っている。ここは冷房が効きすぎている。

「大丈夫。安奈には私がいるから。私がついてるから」

「ほんとう?」

「ほんとだよ」

「私ね」

「うん」

「いま別の好きな人がいるんだ」

鼓動が急に激しくなった。しかし私は平静を装った。

「どんな人なの？」

「弟の職場の人なの」

安奈はそれから「その人」について仔細に語り始めた。しかし私の中で「彼」の風貌は定まらない。顔のパーツが控えめで主張してこない感じが好きだと言った、普段は優しいのに不意に突き放すようなことを言うその冷たさも好きだと言った、明るくて社交的に見えるのにどこか寂しげに見える、私にはそう見える、でもまだ数回しか会ったことがない、ふたりで会ったことはない、いつもぴしっとしたスーツを着ていて隙がない、緩んだ姿を見てみたい、彼はどこにでもいそうで、でもいない、私は出会ったことがない、付き合いたいと思ってる、芸能人でいうと誰に似てるだろう、考えたこともないな、いないかもしれない、でもとにかくいいの、考えちゃうんだその人のこと、毎日。

「食事も喉を通らないくらい？」

そうね、と言い、安奈は言葉に詰まる、詰まりながら目線を上に向け、必死に頭を巡らしているのがわかる。真剣に答えるべき質問ではなかった、実際に通るか通らないかは意味を持たなかった、この回答で相手への好意の程度がはかれるわけではない、それでも安奈は空疎な質問に付き合う、苦笑しながら答えを導き出す。

「食事は普段通りかな、おやつの量が減ったくらい」

「なんだ」

私は安奈の芯に触れた気がした。それは不変的で、誰にも冒されることのない、安奈という人間の構造は複雑ではなく単純、無知で愚鈍、私がいなければ何もできない、思い出し、安堵した。

「私とどっちが好き？」

私とその人どっちが好き？　くだらない質問を重ねた。安奈は再び頭を悩ませる。答えたくない質問には答えなくていい、手を抜けるところは手を抜いて、楽をすればいい、省けばいい、冷淡でいい、抵抗していい、もっと柔軟に、もっと狡猾に。安奈は悩み続けている。　比較できるものではないと言いながら悩み続けている。　悩む合間に安奈の手は止まり、その手に握られたカップの中の、ドーム形のカラフルな塊は、もう塊でない、最初の形をなしていない、溶け続けている。

安奈に、彼と会ってほしいと言われ、仕事終わりの安奈の弟とその彼、私と安奈の四人で会った。四人で会うことに、さしてハードルはなかった。私は安奈の弟と学生時代から面識があったし、ごく自然な流れで話はまとまった。

安奈の弟が予約をとっていたスペインバルで、彼は膝の上と背中越しにそれぞれバッグを置いていた私たちに、スツールの下にあった荷物を入れるためのカゴを譲ってくれた。これに入れたらいいよ、というその言葉がどちらに向けられたものかはわからない。私は彼の年齢を知らなかった。私の心を読んだかのように、安奈の弟が、薫はタメだよ安奈たちと、と酒のまわりが早い、赤い顔で伝える。

私は彼の名前も知らなかった。

「そう、タメなの」

安奈もまた酔ったような顔をしていた。

「そうなんだね」

「あれ、私言ってなかったっけ？」

「聞いてなかった」

「俺は聞いてた」

薫が言った。私を見て言った。

「いや、会うってなった時に年くらい言うでしょ」

安奈の弟が鼻を鳴らし、私はよく見るとこの姉弟は顔が似ていると話の筋とはまるで関係のないことに思考が及ぶ。そういえば、安奈から薫について与えられた具体的な情報はなかった。すべてが抽象的で、きわめて抽象的で、想像によるものが大きく、都合よく解釈されていた。理屈ではなく感情で、しかし私は感情というものを信用しない。移ろいやすく、偏狭で刹那的だ、つまり私は慎重だった、慎重に彼を見ていた。安奈にとって相応しいか、安奈が傷つかないか、安奈を傷つけないか、それを確認するために彼を見つめた。

「安奈は抜けてるからなぁ」

姉弟間の、幾度となくそういうやり取りがあったと思われる、生まれた時から形勢が決まっていた、それが逆転することがなかった、気兼ねしない、馴れ合いの、不毛な対話が続く。「ちょ、蹴んなよ」と弟が言い、蹴ってないぶつかっただけと安奈が反論する。薫が笑う。私を見て笑う。

一度会っただけではわからない、安奈が好きになる理由がわからない、安奈に確信を持って肯定できない、解散後に薫から連絡を受けた時、だからもう一度会おうと思った。安奈を不安にさせないために、もう一度確かめようと思った、慎重に見極める必要があった。

ふたりきりで会った日、薫はシャツにデニムというラフな服装で、開いた襟元からは白い肌が透けていた。おそらくはまだ安奈が見たことがないその隙間を、緩みを、ゆとりを、視界の端で追っていた。

私たちは映画を観た。洋画だった。二時間近く横並びでスクリーンを眺めていた、字幕を追っていた、彼は数度脚を組み替えた。残虐なシーンの時、横を向いて顔を覆うと視線が絡んだ。真っ暗な劇場の中で、濡れた瞳が私をとらえていた。

薫とふたりで道を歩きながら、通り過ぎてゆく人々の顔に視線を向ける。目が合うと逸らし、乾いた地面を眺めた。名前を呼ばれ、顔をあげる。さっきまで全体の一部だった、景色を構成しているに過ぎなかった、それが急に光彩を放つ。彼の存在だけが抽出される。

映画を観たいと言ったのがどちらが先で、いつが空いているか聞いたのがどちらが先で、映画の後食事に誘ったのがどちらが先で、でもどちらが先か後か、その食事の後駅まで向かう道で手を繋いだ時にはわからなくなっていた。私は何かこれはデートのようだと思い、しかし友達同士でもふたりきりで映画は観る、手を繋ぐ、勘違いさせてはいけない、思い上がりかもしれない、始まりを予感させるものをしらみつぶしに摘んでいく、摘んでいる側から生まれる、根絶できない芽を放置したまま次に会う約束に応じる。私たちがふたりきりで会っていることを、安奈は知らない。

大学時代、仲の良かった女性たちと複数で集まるといつも異性の話になった。誰かが異性のどこをまず見るかと問いかけると、顔、身長、性格、と各々飛び交った。私は手だと答えた。その時は一笑に付された、しかし私には大切だった、顔よりも身長よりも馬が合うかよりもずっと、おそらく一番最初に自分に触れるであろう身体のパーツを、私の肉体に続いていく、そこから生まれる、感触が尾を引く、馴染む、融和する、戯れる、言葉はいらない、そこでのみ完結する。確かめる必要があった。指先を、絡めたいと思った。

安奈に彼の印象を聞かれたがうまく答えられない、その時にはすべてが抽象的で、きわめて抽象的で、想像によるものが大きく、都合よく解釈されていた。理屈ではなく感情で、しかし何もかも凌駕(りょうが)してしまう、感情がすべてだった。

彼の本音がわからないからもう一度四人で食事をしたいという話になった時、

私は断れなかった。

「ふたりで会うのはまだ緊張するんだ。涼子ちゃんならわかってくれるよね。安心するんだ、隣にいると」

私には安奈の気持ちがわかった。だから彼女の言う通り四人での食事に参加し、その時点で既に私は薫と交際していたが、事実を隠したまま他愛もない会話に及んだ。

解散後、私は自宅の最寄り駅まで安奈を見送り、その足で家まで帰らずに薫の家へ向かった。玄関で出迎えた彼の身体に巻きつき、唇を重ねる。私はなぜか焦っていた。何かに急き立てられるように彼に触れる。

「まだ話してないの？　俺たちのこと」

私はその質問を疎ましく感じ、返答を考えあぐねながら服を脱ぎ、薫の身体にまたがって、既に吸い付くように馴染んだ肌と肌を重ね、蒸発した汗の匂いを嗅いだ。

「まだ……言いそびれちゃって……。私から話すから。安奈には私から直接言いたいんだ」

「そっか。涼子がそう言うなら気長に待つよ。親友なんだもんね、ふたりは。タイミングってあるよね」

「そう。私たちには、私たちのリズムがあるから。……簡単じゃないの」

　簡単じゃないと言うと、彼はいつもそれ以上追及しなかった。事実、簡単ではなかった。時機を見て――。その時機がいつになるかわからなかった。

　私はもう広矢の匂いを思い出すことができない。匂いは塗り替えられてしまった。薫が私に好きだと告げ、それは彼の性器が私の中に入っている最中で、喘ぎながら私もそれに呼応する。どれくらいと薫が尋ね、すごい好きと耳たぶを甘噛みしながら答えるが、それでは彼は満たされない。すごいじゃわからない、と言って私の身体を突く、子宮がつつかれる、私は私の奥を感じる、つつかれた、その先端が到達した、そこが私の最奥部なのだと感じる。ねえいま何がどこに入ってんのと薫が尋ねる。私は仰け反り、彼の白い腿に手をつきながら、この世で最も低俗な言葉を言わなければいけない屈辱すら興奮に変えて言葉にする。膣から性器が抜ける、抜けると場所に迷う、直前まで入れていた場所に迷う、萎んだゴムのついた硬い性器を指で誘導する、私は私の、適切な場所を教えてやらなければならない。再び性器がおさまると股を締める。締めるのと開くのはよく似ている。

彼の背中の汗を自分の肌で拭いながら、私は薫さえいれば、と思う。多くは望まない。薫さえいれば。

数日後、安奈から、祖母が亡くなったと電話で連絡が入った。葬式で長野に行くのだと報告する安奈は憔悴しきっていたが、生きているものは強い、あるいは喪失が気勢に繋がったのか、安奈の声はいつになく力強い、葬式から戻ったら想いを伝えようと思うと言った。私はそれを聞き、言わなければいけないと思った、話さなければいけないと思った。しかし、言葉は難しい。適切な言葉を思考しているうちに遠ざかる、曖昧になる、本当は思考すらしていないのかもしれない。葬式という言葉を聞いて懐古する、中学生の時安奈とふたりで埋葬した、安奈のかわいがっていたペットのインコに、私は当時嫉妬していた。あれはたしかに嫉妬だった。土に埋まった、もう姿形は見えない、亡くなった生き物に、私は滑稽なほど嫉妬心を燃やしていた。安奈が泣いていたから。涙が涸れるほど泣いていたから。安奈の心は、私だけのものだった。あの小さな、伸ばした指先に止まる、尖ったくちばしの、人間のように首を傾げる、鮮やかな羽を広げ飛翔する、安奈の大切な、愛おしい存在が、死んだことでより深く彼女の心を支配した。涼子がいてくれて良かったと涙で濡れた瞳で私を見上げる、私はもうあの時の眼差しで安奈を見ていない。

　安奈の伸ばした刃先で指を痛めた時、私の皮膚からは血が流れた。生理の時、股から流れる血と同じだった。あの赤い色を見て、私は傷ついていると思った。ずいぶん前から、傷ついていたのかもしれない。

*

安奈との連絡が途絶えた。祖母の訃報を聞いてから、実にひと月以上が経過していた。電話を掛けても出ない、アルバイト先を訪ねればやめたと言われ、家に行けば安奈は出ていったと告げられる。そんなはずはなかった。安奈が私に何の相談もなしに、何も頼らずに、助けを借りずに、支えられずに、ひとりになるはずがない。私は安奈を庇護してきたのだから。私が安奈を庇護してきたのだから。

私は薫の家に行き、肌を合わせ、その均整の取れた身体に身体を預け眠った。肌を合わせる方が、思考することより、言葉を紡ぐより、ずっと容易かった。

――かわいそうだった？　わたしが、

だから数日後安奈からラインでメッセージが届き、そのメッセージは私が読んだ後に送信取消されたが、私は気づかなかったフリをした。私は充足していた。これ以上ないほど充足していた。

私は自分の感情を露ほども信用していない。それは揺るぎやすく、誤りがあり、無邪気で、盲目的で、肉体を服従させる。明確にいつからかはわからない、薫の身体の熱を疎ましいと思うようになった。私と同様に血が通い、熱を持ち、生命力の横溢した、ほとばしるような肉塊、それがいつか、私の身体を脅かすかもしれない。熱さに耐え切れず、溶け合うほど密着させていた肉体を離し、私は安奈とのラインのトーク画面を開く。月日が流れていた。驚くほど、年月が経過していた。

私はその間薫とセックスし、来る日も来る日もセックスし、生活や情勢は変化を続けた。元号が令和になり、消費税率が引き上げられ、コロナが流行し、ワクチンが広まり、安奈と何度も行った駅前の喫茶店が潰れ、潰れたところにはチェーンの洋食屋が入り、仕事がテレワークになり、レジ袋が有料になり、ストローが紙ストローになった。

マスクをつけるのが当たり前になり、しかし私はマスクをした安奈の顔に馴染みがないのでうまく想像できない。似ているような顔の、それらしき風貌を、街行く人の中に見つけるとつい足を止めてしまう。白い布地が彼女の小さな顔を覆う、私たちは目元だけで会話する、だがそれはどこまでも私の想像に過ぎない、記憶の中の安奈は白い歯をむき出しにして笑っている。

私はそこに文字を打ち込もうとし、言葉を紡ごうとし、だが画面は嘘のように静かだった。指先が、痛むほど冷たい。

初出　「文藝」２０２３年秋季号

山下紘加（やました・ひろか）

1994年、東京都生まれ。2015年、『ドール』で第52回文藝賞を受賞しデビュー。『あくてえ』で第167回芥川賞候補。著書『クロス』『エラー』。

煩悩

2023年10月20日　初版印刷
2023年10月30日　初版発行

著者　山下紘加
装丁　山家由希
装画　長谷川拓海
発行者　小野寺優
発行所　株式会社河出書房新社
〒151-0051
東京都渋谷区千駄ヶ谷2-32-2
電話 03-3404-1201（営業）
03-3404-8611（編集）
https://www.kawade.co.jp/
組版　KAWADE DTP WORKS
印刷　モリモト印刷株式会社
製本　加藤製本株式会社

Printed in Japan
ISBN978-4-309-03147-7

山下紘加の好評既刊

ドール

その日、少年は、自分の、自分だけの特別な人形を手に入れたいと思った——。時代を超えて蠢く少年の闇と性への衝動を描く、第52回文藝賞受賞のデビュー作。

クロス

私はどちらの性で、どんな立ち位置で、彼を愛せばいいいのだろう——。彼が欲しているのは男？　女？　それともただ「私」？　揺らぐ心身の性を大胆かつ繊細に映し出す会心作。